젊음 반품

젊음 반품

하설

하설   미니 픽션집

세계와의 질주
하루
바나나의 마음
걸어붙은 낭만
젊음 반품
눈 사람들
핀초와 파라솔
풋사과
지하철 랩소디
우리는 무섭도록 젊으니까
돌 깊은 반가사유상

신들의 카드게임·터
단 한 사람으로만 구성된 도시
걸음걸이
세계 건축과 세계의 끝
어떤 사랑의 증명
겨울의 노래
바늘 같은 살을 통과하기
파파
젊음을 버리는 하수구
죽음 이후
슬픔의 밀성

누계
절음   23 작품
     반품

青春 返品
20241121
서명 _____

별닻

우린 그 술집에서 오랜 이야기를 나누었지
우리 젊은 날들은 신화처럼 멀고 반짝였어
우리가 잃어버린 삶의 빛나는 순간들에 대해
다시는 돌아갈 수 없는 아름다운 장면들에 대해

— 『젊음 반품』, 「바나나의 마음」 中

목차

세계와의 질주

  사람이 많은 길거리를 걸으며 항상 생각한다. 이
세계는 너무나 천박하고 차갑다. 세상엔 너무 많은
눈과 귀와 입이 있어. 그리고 세상엔 눈과 귀와 입
을 빼앗는 수많은 스펙터클이 있다. 천박한 광고,
천박한 말씨, 천박한 가십.

  이 세상은 너무나 천박해 아름다운 마음의 결을
가진 자들은 오래 버티지 못하고 연약하게 꺾이곤
했다.
  나뭇잎 위를 잠시 맴돌다 땅바닥으로 추락하는
한 방울 맑은 이슬처럼.

  세상은 아름다운 것이라고 말하고 싶지만,
  한편으론 세상은 너무나 차갑고 매정하다.

  사랑이 많은 인간은 자꾸만 이 천박한 세계를 끌

어안으려 하고
　세계와 인간은 맞닿은 빙판처럼 미끄러지며 무한
히 질주한다.

　인간의 몸은 연약하기에
　세계와 맞닿은 인간의 몸엔 끊임없이 생채기가
난다.
　인간이 무정하고 거대한 세계를 사랑하여
　부단히 끌어안을수록.

　멈춰 서서
　우리 손바닥에 난 주름이
　그렇게 생겨난 생채기일수도 있다는 생각을 잠시
하다,
　다시 걸어가는 계절이 있었다.

하루

구름 위에서 수천 년 동안 조용하게 흘러가고 있던, 날씨를 관장하는 〈기지국〉이 뒤흔들린 것은 한 신입사원의 무모한 행동 때문이었다. 여느 날처럼 책상 밑으로 몰래 과자를 먹으며, 우주의 주인을 놓고 싸우는 외계 생명체에 대한 다큐멘터리를 보고 있던 운사20은 거칠게 문을 열고 들어오는 소리에 그만 살살 녹여 먹고 있던 과자를 와작, 씹어버렸다. 다행히 과자를 씹는 소리보다 문이 쾅 열리는 소리가 더 컸던 탓에, 운사20은 과자를 먹고 있었다는 사실을 문을 열고 나타난 운사14에게 들키지는 않았다. 운사14는 당장이라도 폭발할 것 같이 붉은 얼굴을 하고서 머리를 연신 쓸어 넘겼다.

— 무슨 일이세요?
— 이번 신입 누가 뽑았어.
— 제가 뽑았는데요.

그 말을 듣고 운사14는 기다렸다는 듯이 소리를 빽 질렀다.

— 그럼 네가 운사44 데리고 이야기 좀 해봐! 걔가 무슨 짓을 했는지 알아?

— 네? 운사44가 무슨 일을 저질렀는데요?

운사20이 묻자 운사14의 얼굴은 더욱 붉어지기 시작했다. 이대로 가다간 무슨 일이라도 또 생겨버릴 것 같다. 운사14는 문 바로 옆에 놓인 제빙기를 곁눈질하더니 거기로 성큼성큼 걸어갔다.

— 이대로 계속 이야기하면 폭발할 것 같아. 잠시만 머리 좀 담그고.

운사14가 머리를 제빙기에 잔뜩 쌓인 얼음 사이로 넣고 있는 사이 운사20은 도대체 운사44가 어떤 짓을 저질렀을지 생각하며, 몰래 과자 하나를 더 입에 넣었다.

잠시 후, 좁은 방에 운사44와 마주 앉은 운사20은 공연히 테이블을 톡톡 두드리고 있다. 실은 운사20은 운사44가 한 행동을 듣고 상당히 통쾌했다. 그러니까, 운사44는 한겨울에 따뜻한 바람이 불게 해 버린 것이었다. 그것은 엄연히 풍백의 영역이기에 운사44에게서 당장 운사 자격을 박탈해야 할 큰일이었지만 운사20은 얼굴이 잔뜩 붉어진 운사14를 생각하면 어딘지 통쾌하기도 했다. 하지만 규칙은 규칙. 자신의 재량으로 운사44를 선처해 줄 수는 없었다. 운사20이 할 수 있는 일은 운사44의 모든 자격이 박탈되지는 않도록 죄를 축소하는 것밖에 없었다.

— 한겨울에 따뜻한 바람을 불어버리면 어떡해. 겨울에는 찬 바람이 불어야 해. 그건, 뭐랄까, 오랫동안 반복된 규칙이거든.

그 말을 내뱉으며 운사20은 자신이 하는 말이 이미 죽어있는 고리타분한 돌덩이 같은 느낌이어서 스스로도 하품이 나올 것 같았지만 어쩔 수 없었다. 운사44는 대답이 없이 여전히 고요하게 앉아 있었다. 운사20은 그런 운사44가 답답하다. 공연히 테이블을 두드리다 운사20은 턱을 괴고 선심 쓰듯 말한다.

— 어떤 이유에서 그런 짓을 했는지 말이나 해봐. 나도 내 직속 후배가 제명되는 건 원하지 않는다고. 기존 권력에 저항하려는 건가? 운사 시스템이

마음에 안 들어? 물론 이해해, 죽음을 겪고 여기 왔
으니 혼란스럽겠지. 그래도 시스템을 교란하는 그
런 행동은 안 돼.

─ …….

─ 참 말 없네. 말해 봐. 말을 해야 죗값을 줄여
주든지 말든지 하지 그렇게 계속 입을 다물고 있으
면…….

─ 추울까 봐, 춥지 않게 하려고…….

─ 뭐?

*

어느새 다시 돌아온 겨울이다.

익숙한 것들은 쉽게 사라지지 않는다. 나는 따뜻
한 카페에서 때 이른 캐럴을 들으며 추운 겨울을 예
감한다. 창밖으로 눈이 펑펑 쏟아져 내려오고, 길거
리는 코트 깃을 여미며 지나가는 사람들로 분주한
이른 겨울 풍경이다. 언제나 이즈음이 되면 나는 무
언가를 하고 싶어도 아무것도 하지 못하는 상태가
된다. 달력을 보지 않아도 본능적으로 알고 있다.

하루가 이 세상에서 사라진 날이 다가온다는 것을. 그래서 이렇게 주말에 카페에 홀로 와서, 눈이 내리는 창밖을 바라보며 끝없는 캐럴 생각에서 벗어나지 못하는 것이다.

하루는 목소리가 작고, 말이 느리고, 고요한 친구였다. 대학교 일 학년 때 들었던 수업에서 옆자리에 앉았다는 이유만으로 우린 친구가 되었다. 하루와 달리 나는 말하길 좋아하는 다소 산만한 사람이었지만 어쩐지 하루와 나란히 앉아 수업을 듣는 짧은 순간 동안 우리는 이유도 알지 못한 채 서로에게 가까워지고 있었다.

하루와 함께 있으면 주로 내가 말을 하곤 했고 하루는 내 말을 고요히 듣고선 한참 뒤에 무어라 맞장구를 치거나 웃곤 했다. 하루는 어떤 말을 들으면 그에 대해 곰곰이 생각하고 대답하느라, 질문에 대한 대답을 얼마간의 시간을 두고 하게 된다는 것을 나는 나중에야 알게 되었다. 함께 학내 식당에 마주 앉아 밥을 먹을 때, 내가 말을 하지 않으면 하루와 나 사이엔 으레 정적이 흘렀지만, 그 고요함이 나는 싫지 않았다. 오히려 하루와 나 사이에 있는 침묵만큼 우린 가깝다고 생각했다. 하루는 어색한 관계에서는 말이 많아지는 특징이 있다. 그런 하루는 나와 있을 때면 고요해진다. 나는 하루의 침묵을 안다. 그 사실을 떠올릴 때면 나는 큰 비밀이라도 가진 듯 기쁘곤 했다.

하루는 할 말이 있으면 조용히 내 옷자락을 끌어당겼고 옷깃에 깃털 같은 무게가 실리는 것이 느껴지면 나는 하루 쪽으로 고개를 대었다. 하루의 따뜻한 숨결과 함께 내 귀에 닿는 말들은 끊어질 듯 끊어지지 않을 듯 계속되곤 했다.

하루가 새 자취방으로 이사를 했을 때, 집들이를 가 함께 팬케이크를 구워 먹은 적이 있다. 하루는 프라이팬에 불 조절을 잘하지 못해 그만 팬케이크 한쪽 면을 검게 태워버렸다.

혼자 있을 때 분명히 많이 구워 먹었는데, 어쩌지, 하고 하루는 나긋나긋하게 말했다. 나는 가위를 들고 탄 부분을 일일이 잘라내었다. 탄 부분을 잘라내자 하나도 익지 않은 팬케이크 단면이 그대로 드러났다. 하루의 자취방엔 큰 프라이팬이 없고, 계란프라이 하나를 구우면 충분할 작은 프라이팬밖에 없었다. 우린 인내심 있게 팬케이크 하나를 굽고, 태우고, 자르고, 다시 굽고, 다음 팬케이크를 굽고, 태우고, 자르고, 다시 구웠다. 그런데 하나를 굽고 보니 다른 하나가 식어 다시 구워 따뜻하게 만들어야만 했다. 그러다 보면 나머지 하나가 또 식어 있어 또다시 다른 팬케이크를 데워야만 했다. 패트와 매트도 아니고. 그 별것 아닌 사실이 웃겨서 우린 팬케이크를 접시에 옮겨 담으며 많이 웃었다.

— 전자레인지를 좀 사야겠어.

팬케이크 두 개를 식탁에 두고 마주 앉으며 하루가 멋쩍게 말했다.

그 뒤로 하루가 전자레인지를 샀을까, 모르겠다. 같은 서울에 살고 있어도 우리가 서로 만나기엔 다른 할 것이 너무 많았다. 하지만 지금 와서 생각하기엔 다른 할 것들이 무엇이었는지 아무리 생각해보아도 떠오르지 않는다. 할 것이 너무 많았다고 말하기엔 그 때 할 것들은 돌이켜 보면 너무나 사소했으며 언제나 영원히 내 곁에 있을 것만 같았던 하루는 어느 날, 거짓말처럼 사라진 것이었다.

카페를 나와 걷는다. 정신을 차리고 보니 하루의

집 방향으로 걷고 있다. 하루는 눈이 오던 겨울의 어느 밤에, 골목길을 달리던 차에 치여 눈이 가득 내린 골목길에 쓰러졌고 다시 일어나지 못했다. 하루가 죽어갈 때도 나는 어느 카페에서 때 이른 캐럴을 듣고 있었을 것이었다. 이런 사실을 떠올릴 때면 나는 이것이 지독한 동화나 잔인한 거짓말 같이 느껴지고, 사소한 이야기를 조용히 늘어놓는 하루의 숨결이 금방이라도 내 귀에 따뜻이 닿을 것만 같은 착각에 빠지곤 한다.

하루의 집 앞 골목에 도착한다. 밤늦은 시간의 길거리엔 사람이 한 명도 없다. 나는 문득, 쌓인 눈 위에 웅크리고 눕고 싶어진다. 가방을 벗어 쌓인 눈 위에 둔다. 눈이 가득 내려 쌓여 있는 거리에 무릎을 꿇고 앉았다가 천천히 옆으로 누워 본다. 오른쪽으로 뒤집힌 세상은 금방이라도 무너질 듯이 위태롭다. 땅이 솟아올라 왼쪽으로 붙고, 골목길은 오른쪽으로 기어가는 것처럼 보이고, 세로로 늘어뜨린 전선들과 가로로 서 있는 아파트들, 자동차들. 모두 눈 위에 우두커니 서 있다. 하루가 마지막으로 본 세상이 이런 모습이었겠구나, 생각한다. 너무 별것 아닌 풍경이야.

눈을 감는다. 왼쪽 귓바퀴를 타고 녹은 눈이 흘러
들어온다. 겨울옷 사이로 드러난 목덜미가 서늘하
고, 옷 사이사이로 눈이 스며들며 온몸이 얼음물에
담근 듯 시려 온다. 이렇게 추웠겠구나. 하염없이
눈이 내리던 날에. 눈을 감고 생각한다.

따뜻한 바람이 불어오기 시작한 것은 그때였다.

옆으로 누워 있던 나는 땅을 짚고 고개를 든다.
하늘에서는 여전히 굵은 눈이 쏟아지지만, 땅에 닿
기도 전에 눈들은 녹아버린다. 바닥엔 온통 눈이 쌓
여 있고 땅을 짚은 손은 추위로 얼얼한데, 한겨울에
따뜻한 바람이 불어오고 있었다. 바람은 내 귀를 간
지럽히며 오래도록 머물다가 사라지길 반복한다.

눈 내린 골목길은 온통 고요하고 나는 따뜻한 바
람이 불어오는 하늘을 바라본다. 그것이 꼭 그 아이
의 숨결 같다고 생각하며 내 입술이 벌어지고 슬픔
에 잠겨 하루의 이름을 작게 불렀을 때, 따뜻한 바
람은 내 온몸을 감싸 안는다.

*

다시 회의실로 돌아갔을 때도 운사14는 제빙기에 머리를 처박고 있었다.

— 이젠 머리 빼세요.

말을 해도 돌아오는 대답이 없다. 운사20은 운사14의 어깨를 잡고 힘껏 끌어당겼지만 어쩐지 미동도 하지 않았다. 운사20은 운사14의 어깨를 당기고, 한쪽 발로는 제빙기를 밀었다. 그러자 퐁! 하는 만화 같은 소리와 함께 운사14의 머리가 얼음 더미에서 빠졌다. 운사14의 머리는 추위 때문인지 시퍼렇게 질려 있었고 얼굴엔 눈이 내린 것처럼 하얀 얼음 결정이 수북했다.

— 얼음 털어요. 턱 끝이랑, 눈썹 쪽에.

운사14는 운사20이 이미 운사44를 만나고 왔다는 사실조차 모르는 듯했다. 얼음을 털어내더니 운사14는 어쨌든 말이야, 그 신입 잘 처리해, 라는 말을 남기더니 문을 열고 사라졌다.

운사20은 자리로 다가갔다. 칠이 다 벗겨진 의자 하나와 앞에 놓인 모니터. 책상 밑엔 작은 쓰레기통 하나가 있고 책상엔 아까 먹다 흘린 과자 부스러기가 이리저리 흩뿌려져 있다. 쓰레기통에 과자 부스러기를 쓸어 버리고 서랍을 열고 아까 먹다 남은 과자를 꺼냈다. 모니터를 켜고 보다만 다큐멘터리를 다시 재생시켰다. 외계인 집단이 우주의 패권을 놓고 다투는 이야기 말이다.

S행성 외계인이 H행성 외계인을 무찌르는 것을 입에 과자를 집어넣으며 관성적으로 보다가, 운사20은 영상을 멈추고 문득, 눈이 내린 골목에 눈물 가득한 얼굴로 비스듬히 누워 있었다는 한 인간 생각을 했다. 그러니까, 운사20은 운사44가 인간이었을 때나 지금이나 사랑해 마지않는다는 그 작은 인간의 이야기가, 운사44가 늘어놓았던 별것 아닌 그 사소한 인간들의 뒷이야기가 하염없이 듣고 싶어지는 것이었다.

*「하루」는 『서울 마드리드 카사블랑카』(2020)에 수록한 작품입니다.

바나나의 마음

너와 함께 갔던 어느 쇼핑몰에서
바나나 걸이를 봤어
이건 왜 쓰는 거지? 내가 묻자
바나나를 바나나 걸이에 걸어두면
바나나는 아직 나무에 붙어 살아 있는 줄만 알고
더 이상 익지 않는다고 네가 말했고

그 말을 듣고 나는 바나나의 마음을 상상했어
바나나에게도 마음이란 것이 있을까
눈도 귀도 입도 없지만 바나나는 바나나 나무를
느끼잖아

쇼핑몰에선 크게 살 게 없었고
우린 아무것도 사지 않고 빈 주머니로
쇼핑몰에서 나와 술집에 갔고, 고량주를 마시며
바나나의 마음이란 것에 대해 함께 이야기했고

바나나에게도 마음이 있다면
그것이 인간의 마음과도 크게 다르지 않을 것만
같다고 결론 내렸지

쓸데없는 바나나같은 이야기를 할 때면
너는 꽤 즐거워했고
너는 네 조그만 삶을 짓누르는
여러 어려운 문제들에 대해서는
그저 괜찮다고, 다 지나간다고
전혀 괜찮아보이지 않는 얼굴로 이야기했어

고량주를 잔뜩 마신 너의 거짓말들에선
파인애플 향이 난다
나는 너의 거짓말들에 대해 아무것도 덧붙일 수
없고

우린 그 술집에서 오랜 이야기를 나누었지
우리의 젊은 날들은 신화처럼 멀고 반짝였어
우리가 잃어버린 삶의 빛나는 순간들에 대해
다시는 돌아갈 수 없는 아름다운 장면들에 대해
그런 이야기들을 하며 웃는 너의 얼굴은
여전히 삶에 악착같이 매달린
아름답게 설익은 너의 마음

술집에서 나오며 너는 좁은 오 평 방
냉장고 소리가 웅웅대는 외로운 집에 가고 싶지
않다고 했고
비틀거리는 너를 어깨에 받쳐 들고
나도 그래
혼잣말처럼 중얼거리며 나는
네가 익지 않았으면 좋겠다
죽지 않았으면 좋겠다 생각하면서

하나에 만 칠천원 하는

바나나 걸이라도 되고 싶었지

얼어붙은 낭만

우리의 낭만은 언제나 얼어붙어 있고 차가운 입술로 사랑을 말한다. 영하의 냉동고 안에서도 발화되는 사랑은 주변의 공기를 녹여버릴 듯 따뜻하다. 차가운 세계 속에서도, 끊임없이 사랑을 말하라고 인간은 이렇게 따뜻한 체온을 가지게 된 것일지도 모르겠다.

사랑하는 사람을 영영 잃어 본 이후로 나는 귀신을 두려워하지 않게 되었다. 어떻게든 그 사람이 이곳에 함께 존재한다고, 어떤 형태로든 존재한다고 믿는다면 영원히 함께 있는 것이니까. 그렇게 생각하면 여름에 내리는 뙤약볕에도, 가을에 내려앉는 한 장 낙엽에도 사랑하는 사람의 숨결이 깃들어 있다.

차가운 겨울에 불어온 한 줄기 따뜻한 바람이 내

볼을 녹인다.

어디서나 존재하고 있다, 고 생각한다.

젊음 반품

지친 몸을 이끌고 만원 지하철에 타러 가는 길
　빈 가게 유리창에 비친 내 모습은 너무나도 깨끗
하게 젊었고
　나는 문득 이렇게 소리를 지르고 싶었다

젊음이 이런 것이라면 그냥 도로 가져가세요
저에게 이런 크고 무거운 건 필요하지 않아요

친구 K는 열심을 다하다가 죽었다
　K는 마지막으로 블로그에 더 열심히 살아야겠다
고 적었다
　이미 충분히 열심히 살고 있었단 것을 알지도 못
하면서
　열심이란 무엇일까
　열과 성을 다 하는 것
　그러나 그 끝이 죽음뿐이라면?

물론 이건 사람으로 가득 찬 지하철 계단 앞에서
하기엔 조금 무서운 생각

사람들은 모두 이어폰을 끼고 있고

즐거운 노래가 도로를 지나는 차 밖으로 울려 퍼
지고 있고

완벽한 노이즈 캔슬링으로 나의 외침은 그 누구
에게도 가닿지 못한다

나의 세계에서 나는 유일한 화자이자 유일한 청
자

무언극을 하는 것처럼

빨리 나이 들고 싶었다

그저 평온해지고 싶었다

뜨거운 햇빛 아래 방울토마토가 붉게 익어가는
것을 온종일 조용히 관찰하면서

흘러가는 구름을 천천히 눈으로 좇으면서

인생에서 가장 빛나는 청춘이라지만

때론 빛난다는 것도 버거운 나날들이었다

눈 사람들

그 행성에서 사람들은 외로워서 눈사람을 만들었다. 사방을 둘러보아도 있는 것은 온통 빙하처럼 쌓인 눈들 뿐. 그 행성에서 끝까지 살아남은 사람들은 외로운 만큼 눈을 굴렸다. 그렇게 보고 싶은, 하지만 이젠 볼 수 없는 사람을 닮은 눈사람을 만들어놓고서 있는 힘껏 껴안았다. 몹시 차가운 행성에선 눈사람을 아무리 껴안아도 녹지 않았다. 그 사실이 한편으론, 살아있는 채로 죽어가는 산 사람들에게 묘한 위안을 주었다.

오래 지나 양손에 연장을 든 초월자들이 몰려왔을 땐 사람들은 아무도 없고, 온 들판과 계곡과 산에 눈사람만이 가득했다. 초월자들은 빼곡하게 서있는 크고 작은 눈사람들이 무엇을 의미하는지 알지 못했다. 조심스럽게 눈사람 주변을 조사하다 그들은 눈사람 근처에서 꽁꽁 언 인간들의 시체를 발견했다. 수없이 늘어서 있는 다른 눈사람들을 조사하다, 조사단들은 일정 확률로 눈사람 근처엔 인간들의 시체가 있음을 알 수 있게 되었다.

— 아마도 이것은 인간들이 사용하던 제사 양식의 일종이었을 것입니다, 죽은 한 인간을 위해 다른 인간이 그를 닮은 인간 생명체를 눈사람으로 형상화해 놓는 것이지요.

— 그럴싸하지만, 인간들의 시체가 눈사람 앞에 있다고 해서 아직은 의미 부여를 하기엔 이릅니다. 당연하겠지만 좀 더 면밀한 조사를 해 보아야 합니다.

— 어쩌면 극한의 날씨를 이겨내기 위한 모종의 주술이었을 가능성도 있지요. 눈사람은 그들의 신입니다. 인간들이 자신을 닮은 피조물을 만들어 그에 신격을 부여하고 소원을 빌고 숭상하다 죽은 것이지요.

— 자자, 다들 흥분하지 맙시다. 어차피 답은 지니가 내려줄 거니까요.

수많은 전문가 초월자들이 제각각 자신들의 입장을 내어놓았고 결론적으로 그들이 사용하는 초월적인 성능의 AI, 지니를 눈사람 분석에 사용해 보기로 했다. 지니는 유치한 이름에도 불구하고 언제나 만족스러운 성능을 내어 주곤 했으니까.

초월자들은 눈사람들의 성분을 조심스럽게 채취해 우주선으로 돌아갔고 지니는 각 눈사람들이 만들어진 상황에 대한 모든 것들을 빼곡하게 컴퓨터에 적어넣기 시작했다. 이제 몇 분만 있으면, 이 눈사람들이 어떤 의도를 갖고 만들어졌는지 알 수 있을 것이었다.

결론이 도출되었다는 알람음이 들렸다. 초월자들은 두근거리는 마음으로 결과 화면을 클릭했다. 하지만 스크린에 나타난 것은, 눈사람들이 초월자들의 기준으로는 분석하지 못하는 성분들을 다량 함유한, 이해하지 못할 물질이라는 사실이었다. 초월자들은 예상치 못한 결과에 당황했다. 초월자들은 알고자 하는 것은 지니를 통해 무엇이든 알 수 있었다. 우주에 존재했던 생물체들의 모든 것들을 알고 있다고 자부해 왔지만, 혹독한 빙하기가 도래한 지구라는 행성에 한가득 서 있는 눈사람들이 무엇인지 알 수 없었다. 초월자들은 결국 오로지 눈사람들이 만들어진 시기와 그때의 온도 같은 것들을 겨우 예측할 수 있을 뿐이었다.

분석할 수 없는 것의 존재에 화가 난 초월자들은 마치 삶의 목표가 눈사람이 무엇인지 파악하는 것이라도 한 듯, 눈사람에 집착하기 시작했다. 초월자들은 그것을 먹어도 보고 부숴도 보고 이리저리 데굴데굴 굴려도 보았지만, 도저히 그 쓸모를 찾을 수 없었다. 결국 초월자들은 침울한 목소리로 결론 내렸다. 그래요, 이건 정말 아무짝에도 쓸모가 없는 것 같습니다. 아무런 의도가 없는 거예요. 인간들은 멍청하니까요.

온갖 초월자들과 그들의 기계장치가 모두 떠나간 행성은 다시금 적막이 감돌았다.

하지만 그들은 알까, 호기심 때문에 우주선에 탑승하지 않고 몰래 동굴 안에 숨어 있던 한 젊은 초월자를.

그렇게 아무도 찾아오지 않는 행성에서 억겁의 시간을 보내며 초월자는 결국 눈사람이 무엇인지 알게 되었다. 산소가 부족하거나, 춥거나, 더운 모든 종류의 극한 상황에 견딜 수 있는 초월자라 하더라도, 견딜 수 없는 것이 있었다. 억겁의 시간을 지나며 초월자는 점차 외로워졌으며, 그 감정은 정말이지 생소한 것이었다.

초월자는 자신이 병에 걸렸다고 생각했다. 먼 별에 두고 온 가족을 떠올려도 아무런 생각이 들지 않았지만 오랜 시간은 초월자에게 가슴이 찢어지는 듯한 슬픔을 가져다주었다.

밀려드는 감정이 초월자는 두려웠다. 단순한 호기심으로 지구에 남았던 젊은 초월자는 이젠 늙었고, 그가 할 수 있는 일은 끝없이 늘어서 있는 눈사람 앞으로 지친 몸을 이끌고 천천히 걸어가는 것뿐이었다.

어느 날 초월자는 결국 그것이 무엇인지 불현 듯 깨달을 수 있었다.

따뜻하면서,

손에 잡히지 않고,

전혀 분석되지 않던 그것을.

초월자는 마지막 눈사람 앞에 눈-초월자를 공들여 만들었다. 그것은 눈사람보다 훨씬 크고 기다란 팔 옆에 작은 보조 팔이 두어 개 달려 있다는 것 외엔 눈사람과 크게 다른 점은 없었다. 그 모습은 초월자가 먼 행성에 두고 온 그리운 얼굴이었다. 초월자는 눈-초월자를 힘껏 끌어 안았다. 차가운 추위가 가슴팍을 파고들고, 자신이 만든 것의 품에 안겨 초월자는 눈을 감았다.

끝없이 늘어선 인간들의 눈사람들의 맨 앞에, 커다란 형체 하나가 매서운 눈 돌풍을 온몸으로 맞으며 서 있다.

자신을 닮은 거대한 형체를 끌어안고서.

언젠가의 일기

나는 역접을 좋아한다. 역접이야말로 내가 되고 싶은 인간의 삶과 닮아 있다고 생각하기 때문이다. 삶을 살아가며 쉬운 것은 하나도 없다. 특히나 인생이 자기 뜻대로 흘러가는 경우는 몇 없고 대부분은 삶 자체가 주는 공허, 혹은 시대가 주는 아픔에 빠져 지낸다. 이 세상의 모습은 진흙탕이 따로 없다······. 그러나 진흙탕에서 연꽃이 자라듯이, 모든 아름다운 것은 모진 것 속에서도 그럼에도 불구하고 이루어 나가는 것일 테다.

그러니 나는 순접보단 기꺼이 역접으로 살고 싶다. 그렇게 살아 이 삶의 끝에서 오롯한 한 인간이 되어 죽고 싶다.

핀초와 파라솔

비가 오는 날이면 핀초는
언제나 파라솔처럼 커다란 우산을 들고 다녔다.

실은 핀초는 머리와 어깨에 추적추적 쌓이는 비는
아무것도 아니라는 듯이
비 따위 가볍게 맞아버릴 수 있는 사람이었지만
비가 오면 언제나 커다란 우산을 챙겼다.
우산이 없는 사람을 만난다면 씌워 주려고.

핀초의 왜소한 체구에 비해 그가 들고 다니는 우산
은 쓸데없이 커 보였고
핀초가 우산을 들고 걸어가는 광경은
마치 우산이 핀초를 달고 다니는 듯 어색했다.

처음에 사람들은 핀초의 파라솔처럼 큰 우산을 보
고 수군거렸고

그것을 다른 사람에게 씌워 주기 위해 들고 다닌다
는 것을 알게 된 다음부터는 핀초가 미련하다고 했
다.

— 큰 우산을 들고 다니면 쓸데없이 무겁기만 하잖
아요.
— 아무리 우산이 없다고 해도……. 모르는 사람이
우산을 씌워 주면 좀 당황스러울 것 같은데, 굳이
왜 그럴까요.
— 그러니까 말입니다. 미련하게.

등 뒤에서 쏟아지는 무수한 말들에도
비가 오는 날이면 작은 핀초는
파라솔만큼 큰 우산을 챙겨 집 밖으로 나섰다.
우산에 부딪히는 빗방울 소리를 조용히 들으면서

우스꽝스럽게
하지만 끊임없이

자기 몸에 딱 맞는 크기의 우산을 들고 다니는 사람
이 있다면
우산이 없는 사람도 있고
비를 기꺼이 맞을 사람도 있고
거대한 파라솔을 가지고 다닐 사람도 있다.

그건 핀초의 세계에서 언제나 지켜지는
즐거운 우산의 법칙

핀초는 그런 사람이 되고 싶었다.
한없이 우습더라도.

불사과

항구엔 언제나 사람들이 가득했다. 도제는 머리에 물항아리를 이고 항구 근처 우물로 가 물을 푼다. 도제를 마주친 사람들은 고개를 숙이며 두 손을 모아 인사한다. 도제도 가볍게 눈인사를 하고, 가득 찬 물항아리를 머리에 올린다.

도제는 그렇게 이십 분 정도를 걸어가야 한다. 우물에서 황금빛 길을 따라 걷다 보면 길 양옆으로 나 있는 흙벽 집들을 볼 수 있다. 집들에선 점심밥을 짓는 고소한 향이 피어오르고 아이들이 웃음소리를 내지르며 이리저리 뛰어다닌다. 아이들은 사과나무 주변을 뛰어다니며 숨바꼭질도 하고 나무도 오르고 재미있게 논다.

도제는 뛰어노는 아이들을 흐뭇하게 바라보며 발걸음을 옮긴다. 좁은 길에 마주 오는 사람들은 길을 비켜주고, 도제는 가벼운 눈인사를 한다. 눈인사를 하며 도제가 아주 살짝 고개를 숙일 때마다 항아리에 든 물이 살랑살랑 출렁인다.

　황금빛으로 빛나는 길 끝엔 신전이 있다. 신전은
큰 벽에 감싸여 있고, 신전 벽을 따라 돌아가면 물
을 붓는 커다란 화로 모양의 구조물이 있다. 도제는
그 앞에 서서 물을 붓는다. 콰르르 소리를 내며 물
이 쏟아져 들어가는 소리를 들으며 도제는 눈을 감
는다. 그 소리가 잦아들면 도제는 빈 물항아리를 들
고 신전 안으로 들어간다. 신전을 감싼 벽에 난 대
문과 신전 사이엔 또 하나의 문이 가로막고 있다.
열 걸음 정도를 걸으면 두 번째 문을 열고 신전 안
으로 향할 수 있지만, 도제는 그럴 수 없다. 도제에
게 허락된 자리는 신전의 문과 문 사이, 열 걸음 남
짓한 곳에 있는 조그마한 움막이다.

　움막에 들어가면 두툼한 요가 깔린 냉기 도는 바
닥과, 자그마한 책상, 갈아입을 여벌 옷과 촛불이
있다. 촛불은 움막의 안을 밝히며 조용히 일렁인다.
도제는 조심스레 옷을 벗고 움막 안에서 입는 옷으
로 갈아입는다. 옷을 개어 바닥에 두고, 책상 앞에
앉아 종이에 오늘 마을에서 있었던 일을 기록한다.

그리고 잠에 든다. 이 과정에서 도제는 아무 소리도 내지 않으며 뱀처럼 매끄럽게 움직인다. 촛불은 은은히 일렁이며 도제가 잠에서 깰 때까지도 끊임없이 타오른다.

이 마을 사람들은 사과나무를 신으로 모신다.

도제가 하는 일은 사람들이 신으로 모시는 사과나무를 키우는 일이다. 신전 안엔 아름드리 사과나무가 정 가운데에 두 팔을 벌리고 서 있고, 사과나무에 물을 주는 일은 오로지 도제처럼, 신전에 기거하는 특수한 사람만이 할 수 있는 일이다. 이런 사람들을 푸네스(Funes)라고 부른다.

푸네스는 오로지 여자만이 될 수 있었고, 민가에 사는 사람들은 누구든 자신의 딸이 푸네스가 되길 원했다. 그러나 딸을 푸네스로 만들기 위해 노력하진 않았다. 푸네스가 되는 것은 노력의 영역을 벗어난 것이기 때문이었다.

푸네스는 사과나무를 한 번도 보지 않고도 사과나무의 생김새와 크기, 섬세한 가지의 개수를 알 수 있다. 사과나무에 난 생채기, 사과나무 밑에 떨어진 나뭇잎의 개수 같은 것들도. 믿을 수 없는 이야기처럼 들릴 수도 있지만 십 년에 한 번씩, 그런 아이가 태어난다.

그런 아이들이 자라 성인이 될 때 즈음이면 선대 푸네스는 움막을 떠난다. 움막을 떠난 푸네스가 그 이후에 어떻게 되는지는 알 수 없다. 움막을 떠난 푸네스의 소식은 들려오지 않는다. 다만 푸네스로의 생명력을 다한 인간은 신전 밖 어느 사과나무 아래서 숨을 거둔다는 소문이 있다. 그렇게 다시 마을의 한 그루의 사과나무를 살찌우는 것이다.

마을 사람들은 이를 인간으로서 마지막 순간에 이룰 수 있는 가장 성스러운 의식이라 생각한다. 딸이 푸네스가 되면 다시는 딸을 만날 수 없지만, 이 마을의 부모들은 모두 딸이 푸네스이길 바란다.

아침에 잠에서 깬 도제가 가장 먼저 하는 일은 촛불을 확인하는 것이다. 촛불이 꺼져 있으면 도제는 즉시 추방된다. 푸네스로서 도제의 모든 행동은 단정하고 조심스럽게 행해져야 한다. 촛불이 꺼지면 도제는 다시 불을 붙일 수도 없다. 이 마을에서 불을 다룰 수 있는 사람은 프로메(Prome)뿐이기 때문이다. 프로메 또한 푸네스처럼 선택받은 사람들이다. 성인이 된 모든 남자아이들은 프로메를 가려내는 시험을 거친다.

푸네스가 좁은 움막에 촛불을 두고 촛불을 꺼트리지 않아야 하는 이유에 대해서는 아무도 정확히 알고 있지 않다. 다만 사과나무를 위해 젊음을 바치는 푸네스가, 쉬는 시간에도 행동을 단정히 하게 강제할 목적이라는 것이 알음알음 전해져 내려올 뿐이다.

도제가 외출복으로 옷을 갈아입고, 물항아리를 챙겨 밖으로 나서면 움막을 정리하는 사람이 도제의 움막 안으로 들어가 촛불의 상태를 확인하고, 도제가 써 놓은 전날의 일기를 들고 밖으로 나선다. 도제가 쓴 일기는 사과나무 향이 나는 도서관으로 가, 일기를 기록으로 옮기는 사람에게 전달된다.

도제의 일기는 마을 사람 중 사과나무를 신성하게 여기지 않는 사람을 색출하는 데 사용된다. 분석이 끝나면 도제의 일기는 사과나무 향이 면면에 배어들 때까지 서고에 오랫동안 보존된다.

*

도제는 빈 항아리를 이고 황금빛 길을 따라 마을로 향한다. 도제가 한 걸음 한 걸음을 걸을 때마다 도제의 아름다운 옷이 아지랑이처럼 일렁이고 땅을 밟는 발에선 소리 하나 나지 않는다. 도제는 조용히 우물로 다가간다. 우물로 가는 중에도 어제처럼 많은 마을 사람들이 두 손을 모아 고개를 숙이며 인사한다. 도제는 미소 지으며 눈인사를 한다. 언제나 평온하고 따뜻한 똑같은 일상이 흘러가는 한편, 도제는 끊임없는 황무지에 홀로 서 있는 한 그루 사과나무가 된 것만 같은 느낌이 든다.

도제가 열을 만난 것은 그 무렵 즈음이었다.
열은 우물을 고치는 사람이었다. 우물을 감싼 돌이 깨져 떨어져 나가 열이 그 부분을 메꾸려 바닥에 퍼질러 앉아 돌과 진흙으로 그 틈을 메우고 있었다.
우물에 민가 사람이 있는 것을 처음 본 도제는 물

항아리를 들고 가만히 서있는다. 우물을 고치던 열은 한참이 지나서야 뒤를 돌아보더니 도제가 있는 것을 보고 깜짝 놀라 허둥대다 옷을 툭툭 털고 일어서 합장한다. 도제도 미소를 지으며 눈인사를 한다.

— 우물을 좀 고치고 있어요.

열은 그렇게 말하고서, 물항아리를 들고 서 있는 도제를 보고 묻는다.

— 푸네스님. 아직 진흙이 마르기 전입니다. 부서진 우물에서 물을 떠 가면 사과나무가 괜찮을까요?

열의 물음에 도제는 고개를 가로젓는다. 열은 그럼 흙이 마를 때까지 잠깐만 기다려 달라고 말하고서 근처에 있던 넓은 함에서 어디서 났는지 모를 비단을 꺼낸다. 열은 비단을 접어 우물 옆에 놓아둔다. 도제는 비단 위에 앉는다.

우물을 사이에 두고 열은 우물 오른쪽에, 도제는 우물 왼쪽에 앉아 있다. 열은 손으로 부채질까지 해가며 진흙을 말리고, 도제는 그런 열의 흰 손을 멀거니 바라본다.

어느덧 완전히 흙이 마른 우물에서 도제는 물을 긷는다. 항아리에 물을 길어 머리 위에 올린다. 열은 두 손을 모아 인사하고, 도제도 가볍게 눈인사를 하고 돌아선다.

황금빛 길을 따라 한참을 걷는 동안 새가 울고 구름이 떠가고 아이들의 웃음소리가 펼쳐지고 사과나무 향이 코끝을 간질이고 그 끝에 열의 알싸한 체취가 따라온다. 도제는 문득 길에 멈춰 선다. 찰랑, 항아리의 물이 흔들린다.

*

도제는 아침잠이 없어졌다. 도제는 예전과 같이 뱀처럼 매끄럽게, 그러나 더욱 빠르게 밖에 나갈 채비를 한다. 민가에서 아이들의 웃음소리가 들려오기도 전인 이른 아침에 길을 나서 사과나무 향을 맡으며 우물로 향한다. 이른 새벽에 우물은 언제나 한쪽 귀퉁이가 부서져 있고, 열이 진흙을 온통 손에 묻힌 채 우물을 고치고 있다.

— 요즘은 우물이 자주 부서지네요.

열이 멋쩍게 이야기한다. 그러게요, 도제는 웃으며 대답한다. 그런 말들을 나누고 열은 함 안에서 두툼한 비단을 꺼낸다. 진흙이 마를 때까지 둘은 아무 말도 하지 않고 가만히 앉아 있다가, 도제가 물을 길어 돌아간다. 도제는 열과 무슨 말이라도 하고 싶었으나 무슨 말을 해야 할지 몰랐다. 무엇보다 열과 사사로운 말을 하는 자신을 마을 사람들이 볼까 봐 두려웠다. 도제는 진흙이 마를수록 초조해졌고, 진흙이 다 말라 꼼짝없이 물을 길어야 할 때는 차라리 우물이 모두 부서져 내리길 바랐다. 하지만 그런 일은 일어나지 않는다.

그러던 어느 날은 진흙이 마르기를 조용히 기다리는데, 열이 문득 도제 쪽으로 다가왔다. 도제는 마주 보고 무릎을 굽혀 앉은 열을 보며 아무 말도 할 수가 없었다. 열이 먼저 손을 내밀었고, 도제는 혼란스러워하며 손을 내밀었다. 열의 손이 도제의 손에 잠시 머물다 내려갔다. 그 순간은 몹시 따뜻하고, 부드러웠다.

— 말린 사과에요.

열이 도제의 손에 쥐어 준 것은 마을에서 만드는 흔한 간식인, 말린 사과였다. 도제로서는 푸네스가 된 후로 먹을 수가 없었던 음식이었다. 도제는 말린 사과를 손에 들었다. 까마득한 어린 날과 다시 볼 수 없는 부모의 얼굴이 스쳐 지나갔다. 도제는 말린 사과를 입안에 물었다. 그 맛은 도제가 푸네스가 된 이후로 죽은 채 그저 말라가며 살고 있었다는 것을 알려 주는 듯, 눈물이 배어날 만큼 맛있었다.

물항아리를 이고 황금빛 길을 따라 신전으로 향하며 도제는 열을 생각한다. 열과, 열이 준 말린 사과의 온몸을 꿰뚫고 지나가는 맛과 향을 생각한다. 그러다 물이 출렁이고, 도제는 불경한 생각을 했다는 생각에 몸이 떨리다, 움막에 도착해서 마을 사람들에 대한 일기를 쓸 때는 자꾸만 우물에서의 별것 없는 일들이 생각이 난다.

열이 진흙이 다 마른 줄 알고 우물을 툭툭 손으로 쳤는데 우물 벽이 다시 무너져내린 일이라든가, 비단에 구멍이 나 있었던 일. 아무 말도 하지 않고 있다가 까마귀가 시끄럽게 울어대 웃음을 터트린 일. 도제는 혼자 웃다가, 또다시 슬퍼지고, 열을 제외한 마을 사람들과 사과나무에 대한 일기를 쓰고 종이를 곱게 반으로 접어둔다.

그리고 도제는 방바닥을 파 종이 뭉치를 꺼내 든

다. 잘게 접힌 종이 뭉치 하나하나를 펴 보면 모두 죽고 싶다는 말이 적혀 있다. 도제는 죽음을 쓴 종이 뭉치를 하염없이 촛불에 태운다. 작고 예쁜 검정 나비처럼 종이는 재가 되어 팔랑거리다 떨어진다.

우물에서 도제와 열이 하는 것은 이야기를 하는 것뿐이지만 도제는 좋았다. 열을 안지 않아도, 열과 손을 잡지 않아도 좋았다. 그러나 오랜 시간이 흐르자 열도, 도제도 우물을 사이에 둔, 진흙이 마르는 시간을 핑계로 한 짧은 대화만으로 서로를 사랑할 수 없었다. 사랑할 수 없었다기보단 견딜 수 없었다는 것이 정확하다. 사랑해서 견딜 수 없었다.

도제는 열의 체온을 느끼고 싶었다. 살아있는 인간이라면 가지는 그 따뜻한 온도, 도제도 열도 가지고 있는 온도를 나누고 싶었다. 사람의 체온이 따뜻한 이유는 서로를 포근하게 안아주기 위해서라고 도제는 생각하고, 곧 그런 생각을 지우고, 구름이 떠가는 하늘을 바라보곤 했다.

도제는 열과 함께 움막에 있고 싶었다. 그러나 좁은 움막에 두 명이 들어간다면 촛불은 꺼질 수밖에 없었다. 촛불이 꺼지는 것은 곧 도제의 죽음을 의미

한다. 열은 움막엔 절대 갈 수가 없다고 고개를 저었다. 열은 촛불을 꺼트리지 않을 자신이 없었다. 도제는 열과 함께 있으면서도 열과의 거리를 더는 좁힐 수 없다는 것이 마음이 아렸다.

여느 때와 다름없이 도제는 이른 아침부터 우물로 향했지만, 어느 순간부터 우물은 말끔했고, 열은 나타나지 않았다. 가끔씩 말린 사과를 꺼내 주던 열의 고운 손도, 열의 함도, 비단도 없었다. 그렇게 일주일이 흐르고 도제는 매일 밤마다 두 눈이 붓도록 소리 죽여 울었다.

*

도제가 열을 다시 본 것은 열이 사라진 지 팔 일째가 되던 날이었다. 빈 항아리를 들고 움막에 들어온 도제는 깜짝 놀라 비명이 나오는 입을 손으로 막았다. 움막 안에 열이 있었다. 열은 도제를 보더니 웃었다. 열의 옷은 거의 누덕누덕해져 있었고, 열이 함을 열자 그 안엔 조그마한 불씨가 들어 있었다.

— 프로메에게서 불을 훔쳐 왔어요.

그 말은 도제의 심장을 꿰뚫고 섬광처럼 지나간
다. 그 말은 서늘하고 아릿하며 무엇보다 가슴이 불
에 덴 듯 온통 화끈거렸다. 열은 촛불을 손에 들었
다. 손에 들고 촛불에 일렁이는 불을 한동안 바라보
다, 도제를 바라봤다. 도제는 웃으며 열의 손에서
촛불을 가져와 들었고, 가볍게 입김을 불어 몇백 년
동안 꺼진 적 없던 촛불을 껐다.

　열을 안으며 도제는 자신이 사과나무 따위가 아
닌 따뜻한 육체를 가진 인간이라는 것에 눈물이 날
것만 같았다. 밤이 깊어지고, 열이 함을 열어 불을
꺼냈다. 불은 작고 귀여운 병아리처럼 열의 손 위에
서 일렁였다. 열은 불을 초 위로 움직여 보냈다. 초
에 붙은 불은 움막 안을 밝히며 타올랐다.

　열의 얼굴에 불 거스러미가 일렁이고, 둘만의 작
은 공간에서 오래도록 촛불을 바라보다, 도제는 방
바닥 흙을 파냈다. 이전에 태우다 만 종이쪽지가 수
북이 들어 있었다. 열은 쪽지를 열어 본다. 단정하
고 예쁜 글자로 빼곡히 쓰인 죽음을 걱정스러운 얼
굴로 바라보다 열은 도제를 안는다.

　열은 우물처럼 촛불을 자신과 도제 사이에 가져

다 두고 마주 앉아 죽음을 태운다. 일렁이는 불길을 바라보며, 도제는 열과 오래오래 마주 앉아 함께 죽음을 태우고 싶었다.

죽음을 다 태우고, 열은 자신과 함께 도망치자고 말했다. 도제가 물었다.

— 어디로요?

— 어디라도요.

열이 말했다. 도제는 고개를 저었다.

— 이 마을에서 도망칠 수 없는 거 알잖아요. 어디든 사과나무가 있고 우린 거기서 벗어날 수 없어요.

열은 곰곰이 생각에 잠겼다.

— 그럼 어쩌면 불을 더 훔칠 수 있을지 몰라요. 불이 있으면 도망치지 않아도 더 오래 함께 있을 수 있어요.

그렇게 말하고 열은 이번엔 한 달 동안 돌아오지 않았고, 그 끝에 수많은 불꽃과 함께 돌아왔다. 열의 함을 열자 불꽃이 한가득 일렁였다. 도제와 열은 그렇게 한 달 남짓한 시간을 붙어 지냈다. 도제는 열의 품에 안겨 이 행복이 영원하길 빌었다.

프로메가 들이닥친 것은 새벽녘 무렵이었다. 도제와 열은 깊은 잠에 빠져 있었고, 프로메들의 발자국 소리가 가까워지는 것조차 알지 못했다. 움막은 프로메들이 든 환한 불로 온통 밝혀지고, 그 아래 도제와 열의 모습이 모두 드러났다.

프로메가 열을 창으로 찔렀다. 열은 비명도 지르지 못한 채 죽었다. 낙엽처럼 떨고 있는 도제를 프로메가 끌고 나갔다. 마지막으로 움막을 나서는 프로메는 촛불을 넘어뜨렸다. 열과, 열이 가져다 준 모든 것들이 온통 검은 연기를 뿜어내며 타오르고 있었다.

*

정신을 차리자 발에 거칠한 감촉이 느껴진다. 도제는 주변을 살핀다. 하늘이 가까워져 있다. 온몸은 포박당해 있고 발 아래엔 산더미같이 나무가 쌓여 있다. 사과나무 향이 훅 끼쳐 온다. 아래에 도제에게 손을 모아 인사를 하던 마을 사람들이, 사과나무 위에 올라가 놀던 마을 사람들이 와자지껄 모여 있다. 불을 든 프로메들이 일렬로 서 있고, 마을 사람들이 소리지르며 야유를 한다. 온갖 욕설을 하며 침을 뱉는다.

— 도제는 신성한 사과나무를 더럽혔다!

— 도제와 열은 불경한 여자다!

누군가가 말하고, 마을 사람들은 분노에 차 함성을 내지른다. 그 사이사이로 말린 사과를 파는 상인이 지나다니며 말린 사과를 팔고 있다. 말린 사과 드세요, 아주 맛있습니다. 코흘리개들이 말린 사과를 사 들고 입에 넣어 질겅질겅 씹으며 도제를 올려다본다.

어디선가 까마귀 우는 소리가 들려오고, 프로메가 일제히 나무에 불을 붙인다. 불은 스멀스멀 나무를 태우며 올라간다. 밑에서부터 올라오는 불씨 때문에 온몸이 달아오르고 연기로 코가 매캐하다. 도제는 열을 생각하고, 열의 온기를 생각하고, 열의 말소리를 생각한다.

열과 함께 죽음을 태우던 때, 열이 함을 열어 말

린 사과를 꺼냈을 때, 열과 우물을 사이에 두고 앉아 실없는 이야기들을 하던 때가 지나가고, 열을 처음 만났을 때 합장하던 티 없이 단정한 열의 모습이 지나간다. 불은 벌써 발아래까지 일렁이고, 도제는 그 뜨거운 불이 몸에 닿기도 전에 매캐한 연기에 정신을 잃는다.

*

도제는 죽은 자신의 몸을 본다. 작은 몸은 불살라지고 있고, 도제는 그런 몸을 높은 곳에서 내려다보고 있다.

그리고 고개를 돌려 옆을 보자, 열이 있었다.

야유하던 사람들은 도제의 몸이 모두 타 사라지자 다시 마을로 돌아간다.

열은 웃으며 함을 연다. 함 안에는 깨끗한 물이 가득 담긴 도제의 항아리가 들어 있다.

도제는 항아리를 꺼내 머리에 인다. 이렇게 큰 항아리가 열의 함 안에 들어갈 수 있다니. 항아리를 인 도제를 열이 뒤에서 감싸 안는다. 등에 닿는 열의 따뜻한 체온을 느끼며 도제는 항아리에 든 물을 천천히 쏟는다. 마른 하늘에 비가 내리기 시작하고, 도제의 몸이 타고 남은, 더 이상 인간의 형체도 남지 않은 잿더미가 물로 씻겨 내려간다. 열은 항아리를 든 도제의 손 위에 자신의 손을 겹쳐 들고 항아리를 더욱 기울인다. 땅이 맑아지고, 모든 것이 녹아내리고, 도제의 불탄 몸이 있던 자리에 사과나무가 자라나기 시작한다.

— 이제 떠나요.

— 어디로요?

— 우리가 마음껏 사랑할 수 있는 곳으로.

열이 말한다. 열의 말에 도제는 고개를 끄덕인다. 도제는 물론 그런 곳이 있는지 모른다. 도제가 아는 세계는 오로지 사과나무를 모시는, 푸네스와 프로메와 움막과 신전이 있는 이 작은 항구도시뿐이었다. 하지만 몸은 가볍고, 열과 맞잡은 손은 몹시 따뜻해 도제는 열이 말 한 그런 세계가 정말 있다고 믿고 싶었다. 사랑해도 죽지 않는 곳, 사랑이 죄가 아닌 곳, 불타 사라지지 않는 곳. 혹은, 지극히 바라던 것이 당연해지는 낭만적인 어떤 시대가.

구름 밑엔 온통 비가 쏟아지고, 도제와 열은 손을
맞잡은 채 구름을 밟고, 사라진다.

숲

숲에서 아이들은 가장 먼저 비명을 지르는 법을 배웠다. 비명을 잘 지르는 것이 나중에 너희들에게 큰 도움이 될 거야, 선생님들은 아이들에게 비명을 지르는 법을 열심히 알려주며 그렇게 말 해 주었다.

아이들은 어른들의 그 말을 믿었다. 누구보다 열심히 비명을 지르는 법을 배우며 숲 속은 고요한 적이 없었다. 비명을 지르면 숲은 끊임없이 그것을 메아리로 되돌려주곤 했다. 끊임없이 자신이 내지른 비명과 그 대답으로 돌아오는 소리를 듣는 것이 아이들의 일과였다.

시간이 흐르고 아이들이 어른이 되어 있을 무렵 선생님들은 모두 죽어 흙으로 돌아갔다. 숲은 점차 고요해져 이젠 비명을 질러도 무한한 고요함이 그들을 땅속으로 끌고 들어가는 것만 같았다. 아이들은 그동안 당연하게 생각해 왔던 숲속에서 탈출하려 했지만 아무도 그 방법을 알고 있지 않았다.

아이들은 뛰어다니며 비명을 질렀다.
선생님들이 가르쳐 준 비명이 그들을 지켜 줄 것이라 생각했기에. 하지만 그렇게 연습했던 비명은 아이들을 지켜주지 못했다.
그것이 그저 닥쳐오는 삶의 풍랑 속에서 두려움을 잠시나마 잊기 위한 수단일 뿐이었다는 것을 아이들은 어른이 되어서야 알았다. 비명을 지르는 것은 거대한 두려움 앞에서 눈을 감거나 우는 것과 결론적으로 큰 차이가 없는 행위였다.

땅이 솟아오르기 시작했다.
아이들의 발을 땅이 휘감고, 아이들은 숲에서 빠져나가려 했지만 더 이상 달리지 못했다.

어떤 비명소리도 그들을 구원해 주지 못했다.

아이들은 자라 나무가 되었다.
눈을 감고 두 손을 높이 하늘로 쳐든 아이들은 고요하다.

아이들은 나무가 되어서도 비명을 질렀다. 그들이 배운 것이 그것뿐이었기에. 하지만 그 소리는 어디에도 닿지 못했다.

스스스스, 나뭇가지의 잎사귀들이 서로 부딪히며 소리를 낸다.

오랜 시간이 지나 적막한 숲을 찾은 한 사람의 등산화 앞코에 바싹 마른 나뭇잎 한 장이 아무런 소리도 내지 않고 떨어진다.

지하철 랩소디

　언제나 출퇴근길 지하철은 사람들을 가득 싣고
달리고,
　그 속에서 나는 취향과 아름다움을 가진 어떤 이
름이 아닌
　그저 지하철 안에 타 있는
　머리와 몸통과 다리를 가진
　인간 한 명인 것만 같은 기분이 든다

　전 세계에서 지하철에 탄 사람들이
　이어폰으로 매일 듣는 음악의 총량을
　노래 가사를 국수 면처럼 펼쳐서 측정한다면
　지구를 몇 바퀴쯤 두를 수 있을까
　생각하다 보면

　사람으로 가득한 출근길 지하철에서
　만보기 앱을 켜고 몇 십원을 받기 위해 버튼을 누

르는 나에게도
  아득하게 빛나는 시절이 있었다는
  막연한 생각

  검은 휴대폰 액정에 비친 내 모습은
  더는 아름답지도 멋지지도 않은 것만 같고
  이미 나의 시대는 저문 것만 같다는 생각을 잠시
하다
  이어폰을 끼자
  귀를 파고드는 노랫소리

  뭐, 음악따위로 무언가를 바꿀 수 없을지도 모르
겠지만
  오늘은 환상적인 세계에 데려가 줄게
  우리들은 이런 것 밖에 할 수 없지만
  오늘은 너와 함께 노래하고 싶어

눈물을 닦고 노래를 부르자
손을 크게 들면서 따라 부르자 *

지하철에 타서 어딘가로 실려가는
시시한 나는
아직도 낭만이란 걸 사랑해

다른 친구들은 이미 다 낭만따윈
유치해
한 마디를 남기고 오래전에 졸업했지만
나는 기꺼이 남고 싶었어

수없이 많은 인간과 인간 사이에 어정쩡하게 끼
어 서서
한 역에서 다른 역으로
지하철이 멈추고 출발할 때 마다 간신히 무게중

심을 잡으며

　어떤 계절에도

　여전히 나는 세카이노 오와리의 노래를 듣고

　다른 것들이 모두 사라져도 이 노래들과 함께 있
으면

　무엇이든 해낼 수 있다는 달콤한 생각이 든다

　신나는 노래가 귓속에서 울려 퍼지고

　나는 질주한다

　지하철의 속력으로

　빛 한 점 들지 않는

　검은 지하를 한없이 통과하면서

*음악 「ファンタジー(Fantasy)」, 世界の終わり(세카이노 오와리)

우리는 무섭도록 젊으니까

  그날은 진이 친구 L의 집에서 자고 일어난 다음 날이었다. L은 계절학기 수업을 들으러 먼저 학교에 갔고, 그날이 공강이었던 진은 오후 늦게 일어나 늦은 점심을 해 먹고, L의 집을 좀 청소해 두었다. L의 작은 자취방은 한 손바닥에 들어오는 아담한 크기였다. 떠나기 전에 진은 L에게 편지를 남겨 두고 싶었다. 친구에게 편지를 써 본 적은 없지만, 무슨 바람이 들었는지 그날은 꼭 편지를 써야겠다는 생각이 들었다. 그동안 L에게 편지를 받기만 했다는 생각이 들어서일지도 모르겠다.

  L의 집 근처 소품샵에 가서 편지지를 고르려 했지만, 소품샵엔 엽서나 스티커같은 것들 밖에 없었다. 엽서 몇 개를 살펴보았지만 디자인이 마음에 들지 않았다. 진은 아무런 소득 없이 다시 집으로 돌아왔고, 책상 위에 있던 L의 노트를 집어 들었다. 노트엔 낙서들과 여러 공과금 숫자들이 어지럽게 적혀

있었다.

　한동안 그 숫자들을 바라보다, 진은 노트 한 장을 찢어 편지를 쓰기 시작했다.

　사랑하는 친구에게.

　어제 광화문으로 향하는 버스에서 너는 내게 더는 살기 싫다고 말했지. 그 말은 날씨가 덥다느니, 저녁으로는 파스타를 먹자느니 하는 말과 똑같이 건조했어. 솔직히 무어라 말해야 할지 알 수 없었어. 그렇게 생각하지 마, 그래도 살아야지, 이런 말은 전혀 도움이 되지 않고 오히려 독이 될 수 있다는 것을 알고 있어. 너를 어떻게 위로할지 알기 위해서 책도 유튜브도 많이 찾아봤지만 여전히 쉽지 않아. 솔직히, 전문가들이 말하는 조언대로 너의 말에 반응하려면 나 스스로 너무 어색해서 견딜 수가 없을 것 같았어. 논리적인 해결책을 주는 게 아니라 감정적으로 먼저 공감해야 하는 건 익숙하지 않거든. 남의 옷을 빌려 입은 것처럼 어색하지. 그래서 그런 책이나 유튜브에서 말하는 '바람직한 대답 방

식'은 자꾸만 저런 말이 도움이 될 리가 없다며 쉽게 읽고 넘겼는지도 몰라.

어쨌든, 그 때 내 입에서 어떤 말이 나오든 그 말은 바보 같은 공허한 말처럼 들릴 것만 같았어. 그때 나는 이렇게 말했지. "그래도……." 역시나, 바보 같은 말이었어. 마침 버스가 과속방지턱을 넘어가며 한 번 덜컹였지. 버스 손잡이를 잡은 네 가느다란 팔이 옅게 흔들렸어. 버스가 흔들리는 탓에 네가 내 말을 못 들었는지, 너는 내게 되묻지 않았어. 네 입장에선 내가 네 말을 못 들었는지, 되묻지 않고 그저 애매하게 넘어갔다고 생각했을 거야. 그리고 어쩌면 우리 둘 모두 그 사실에 좀 안도했을지도 모르지.

긴 돌담길을 홀로 걸어 내려오며 나는 정말 슬펐어. 뙤약볕이 작열하는 여름에 말이지. 너는 사계절 중에 여름이 제일 좋다고 했지만 나는 실은 더운 게 정말 싫어. 하지만 그 뙤약볕 아래서도 너와 함께면 기꺼이 걷고 싶었어. 네가 여름을 좋아해서, 나도 여름이 조금은 좋아지게 되었는지도 몰라.

네가 어디 멀리 떠나 버릴까 봐 걱정이라도 됐는

지. 나는 앞서 걷는 너를 조금 뒤에서 따라 걸었는데 여름 볕에 네 그림자가 보이지 않았어. 여름의 무늬는 그림자가 없구나, 쓸쓸하게도. 그런 생각을 하며 그림자가 없는 너와 함께 걸었어. 네가 부디 이 세상에 발붙이고 오래오래 걸어갔으면 좋겠다고 생각하면서.

우리는 뜨거운 여름 거리를 뚜벅뚜벅 걸어갔어. 앞서 걸어가는 너의 말끔한 팔과 치렁치렁한 머리카락은 내 팔과 머리카락과도 크게 다를 바 없었지. 길을 걷는 사람들이 우리를 바라본다면 우린 자매처럼 꽤 닮아 있을 거야.

있잖아, 우린 아직 무섭도록 젊잖아. 아직 이십대가 한참이나 남았어. 끝나지 않는 여름 같아. 나는 우리가 무섭도록 젊으니까 무엇이든 할 수 있다고 생각하지만, 너는 항상 우리가 너무나 젊어서 무섭다고 생각하지. 너는 남은 생이 따분할 것이라 생각하고 나는 남은 삶이 지금보다는 더 즐거울 것이라 생각하지. 아마 앞으로도 평생 이 차이는 좁힐 수 없겠지만 중요한 건, 앞으로 어떤 무더운 여름에도 나는 너와 함께 걷고 싶다는 거야.

그런 말 들어 봤어? 항상 덥다고 하지만, 여름은 끝임없이 더워지기만 해서, 매 년 여름이 우리 인생에서 제일 덜 더운 여름이라는 거. 나중에 견딜 수 없을 정도로 더워질 여름이 온다 해도 네가 여전히 여름을 좋아한다면, 그때 나도 기꺼이 같이 걸을래.

여기까지 쓰다 진은 뒤로 갈수록 흐트러지는 글자가 조금 마음에 들지 않았고, 특히 L에게 이런 마음을 내보이는 것이 어쩐지 민망해져버렸다. 실은 민망할 정도로 진심인 마음을 보여주는 것이 편지임에도 불구하고.

결국 진은 편지를 접어 자신의 가방에 넣었다. L의 집을 나서자 뙤약볕이 내리쬐고 있었다. 거리를 걸으며 진은 오늘 저녁에 L을 불러 함께 맛있는 것을 먹어야겠다고 생각한다. 익숙하고 편한, 진만의 방식으로.

등 굽은 반가사유상

반가사유상의 뒷면을 본 적이 있는가
옅은 조명 아래 전시된 반가사유상
많은 사람들이 휴대폰을 들고 그 앞에서
셔터를 누르고 있고

그 뒷면을 궁금해 하는 사람은 몇 없지만
M은 그 뒷면을 궁금해 하는 사람이었다

M과 함께 돌아가 본 반가사유상의 뒷면은 등이
굽어 있었다
거북목이시네
M이 말했다
잔뜩 앞으로 튀어나온 목이 초라했다

고뇌하는 인간의 등이 굽었듯이
고뇌하는 반가사유상도 등이 굽었다

사랑하는 존재를 천천히 닮아가듯

타인에게 다정한 사람만이
등 굽은 반가사유상을 볼 수 있다

그만 허리 펴세요
M이 말했다

반가사유상의 미소가 온화하다

신들의 카드게임

조금 심심했던 신들은 카드 게임을 해 보기로 했다. 그건 오래전 23년 정도의 짧은 생을 살다 갔던 어느 인간이 만든 보드게임이었다. 손에 가진 카드는 카드마다의 공격력과 수비력이 있고, 별개로 심장이 있다. 각 참여자는 자신에게 주어진 최초의 5개의 심장을 코스트로 사용하여 카드를 낼 수 있다. 카드엔 공격력과 수비력이 있고, 한 턴이 돌아갈 때마다 여분 심장이 하나 더 생긴다. 이렇게 카드를 내고 상대방의 카드를 무찌르길 반복한다. 자신의 심장을 써 가면서.

하지만 이것만으로 게임을 할 수는 없다. 실은 위에 적힌 룰은 너무나 피상적이고 기초적인 룰이었으며 실은 게임에 대해 아무것도 설명해 주지 못한다. 게임을 진행하기 위해선 상세한 룰북이 필요한데, 원래 동봉되어 있어야 할 룰북의 반쪽이 어디로 갔는지 없었다. 결국 심심했던 신들은 룰을 정확히 파악하지 못한 채 반쪽짜리 카드 게임을 시작했다.

첫 손패를 몇 장으로 할지부터 난관이었다. 손가락이 스무 개가 있는 신은 스무 장을 손패로 하자고 했고, 손이 그저 동그란 사과 모양인 신은 손패는 손바닥 위에 얹어 놓을 한 장이면 족하다고 했다. 결국 절충으로 열 개 정도의 손패를 사용하기로 했고, 손가락이 많은 신이 이건 공평하지 않다고 불평했다.

그 뒤로도 난관이었다.

— 그러고 보니 어떻게 하면 게임이 끝나는 거지?

— 심장을 하나 더 받을 수는 없나?

— 우린 이미 게임이 시작하자마자 누가 이길지 알잖아. 그런데 왜 하지?

쓸데없는 말들을 반복하다 결국 신들은 모두 지쳤고, 카드 게임을 하지 않기로 했다.

— 인간들은 좋겠어. 이런 게임을 하면서 재미란 걸 느낄 수 있잖아.

— 우리가 너무 많은 걸 알고 있는 탓이죠, 뭐.

카드를 정리하며 남은 두 신들은 이야기했다.

그리고 그들은 보드게임 뚜껑을 덮으려다, 뚜껑

의 안쪽 면에 붙어 있는, 잘려 나간 반쪽짜리 룰북
을 발견했다. 아, 이런. 한 신이 작게 탄식했다.

*

23년의 삶을 살다 가며 보드게임 단 하나를 세상
에 남겼던 인간에 대해 궁금해하는 한 신이 있었다.
그 신이 인간이 되어 살기로 결심한 것은 오랜 시
간이 걸리지 않았다. 인간이 왜 되고 싶은지 그 신
은 정확히 설명할 수 없었다. 다만 묻고 싶었다. 왜
룰북 반쪽을 잘라 뚜껑 안쪽에 붙여 놓았냐고. 신은
오랜 시간 동안 저승을 떠돌며 그 인간의 흔적을 찾
아보려 했으나 찾지 못했다. 결국 신은 인간으로 살
아 보기로 했다. 인간으로 평생을 살며 그 한 사람
이 왜 룰북을 반 나눠 뚜껑에 붙였는지 알고 싶었
다.
하지만 그렇게 시작한 인간의 삶은 생각보다 지
난하고 괴로운 것. 뚜껑 안쪽에 붙어 있던 룰북에
대해서는 점차 잊어갔고, 자신이 한때 신이었다는
사실도 전생처럼 희미해졌다. 멍한 얼굴로 거리를

걸으며 신은 스스로가 덧없고 지극히 평범하다고 느꼈으며 때론 지극한 슬픔에 잠겨 허우적거렸다.

쌓여가는 고지서와 스스로 건사해야 할 거추장스러운 몸뚱이를 이고 지고 아득바득 살아가다 어느 날 신은 허름한 보드게임 카페를 지나가게 되었다.

인간이 되고자 했던 신은 보드게임 카페 앞에서 문득 스물세 살의 짧은 생을 살고 죽은 한 인간을 떠올렸고, 인간으로서 평생을 다 살아도 그 사람의 마음에는 가닿을 수 없다고 생각했다. 모든 것이 한밤 꿈처럼 멀고 아득했고, 신은 보드게임 뚜껑에 착 달라붙은 룰북처럼 자신의 입천장에 혀를 대고 슬슬 굴려 보았다. 예상치 못했던 눈물이 눈에서 흘러내렸다. 아, 내게도 잊고 있던 게 있었어. 신이 읊조렸다.

단 한 사람으로만 구성된 도시

무한 리필 돈까스 가게에서 마주앉아 G님과 '단 한 사람으로만 구성된 도시'에 대한 이야기를 했다. 그러니까, 이 글은 논픽션이다.

1. 나로만 구성된 도시

그 도시에선 대통령도 나, 카페 알바생도 나, 게임 제작자도 나, 게이머도 나, 버스 운전사도 나, 세무서 직원도 나다. 나는 답답하고 물렁한 건 딱 질색이기에, 그 도시에선 누구나 솔직하게 자기 생각을 이야기하고 해결해야 할 문제가 있으면 누구나 이것저것 의견을 내며 온갖 이야기들을 늘어놓다가 이윽고 한 가지 결론을 내고 만족스러운 표정으로 악수한다. 그리고 함께 맛있는 음식을 먹으러 간다.

떠드는 것과 맛집을 좋아하기에 사교 모임이 매주 개최되고 새로운 맛집을 찾는 컨텐츠와 온갖 타이틀을 단 시끌벅적한 모임이 우후죽순으로 생겨난다. 책을 좋아하기에 사는 집 근처엔 무조건 독립서점이 적어도 몇 개는 있어야 한다.

사람들은 모두 책과 영화, 전시, 공연을 좋아한다. 거리마다 신나고 시끄러운 음악이 흐르고 불 켜진 서점에서 사람들은 서서 책을 읽는다. 그러다 보니 이 도시의 가장 주된 산업은 영화 산업과, 서적 및 출판업. 벤치에 앉아서 언제든 영화를 볼 수 있고, 길거리 어디서나 책을 읽는 사람들을 심심찮게 볼 수 있다.

나로만 구성된 세계에 대한 이야기를 하다, 우린 G님만으로 구성된 세계에 대해서도 이야기를 해 보기로 했다.

2. G님으로만 구성된 도시

G님은 만두를 무척 좋아한다. 따라서 그 도시는 인근 도시보다 아주 월등한 만두 소비량을 가지고 있다. 그러다 보니 그 도시의 가장 큰 산업은 만두 산업이다. 모든 사업체들이 오로지 최상의 만두를 제작하기 위해 최선을 다하는 중이다. 만두를 제작하기 위한 만두 공장이 전체 도시의 50% 이상의 면

적을 차지한다.

그 도시의 G님들은 매 끼니마다 만두를 먹는다. 아침, 점심, 저녁, 야식으로 만두를 먹기 때문에 1인당 만두 소비량이 어마어마하다. 만두를 먹는 동안 유튜브를 보아야 하기 때문에 다양한 유튜버 G님들이 존재한다.

한편 G님들은 게임 개발자를 직업으로 선호한다. 하지만 그렇다고 모든 G님들이 그 국가에서 자신이 하고 싶은 일만을 할 수는 없다. 그렇다면 누군가는 어쩔 수 없이 하기 싫은 일을 해야만 한다. 각자의 직업을 어떻게 선택할 지에 대해 G님들이 모여 회의를 하고 회의는 회의 끝에 얼른 집에 가서 만두를 먹어야 한다는 일념 안에 속전속결로, 명확한 의견 교환 끝에 건조하고 평화롭게 끝난다.

3. 도시 건설 후 이야기

여기까지 이야기를 하다 G님과 나는 그렇다면 아무래도 좀 재미없겠다는 이야기를 나눴다. 결국 나로 구성된 도시나, G님으로만 구성된 도시나 모든 경우의 수에서 결국 '다른 사람'이 등장했다.

예를들어, 나로만 구성된 세계에서 책에는 큰 관심이 없는, 운동을 좋아하는 사람이 등장했다고 해보자. 그런 다른 사람의 등장은 나로만 구성된 세계 사람들과 어떻게든 불협화음을 일으키며 서로 다른 취향에 대해 끊임없이 이야기하게 만들 것이다.

G님으로만 구성된 세계도 그렇다. 만두엔 큰 관심이 없는 어떤 사람이 등장하는 순간 평화로운 만두 세계는 깨어지고 다른 산업이 등장하거나, 다름에 고뇌하는 G님들이 생길 것이다.

마지막 돈까스를 집어들고 내가 말했다.

— 세상이 이렇게 여러 종류의 사람으로 구성된 이유가 있겠네요.

— 혼자면 재미없을 테니까요.

— 그러게요.

— 이거 소설로 써 줘요.

G님이 자리에서 일어나며 그렇게 이야기했다. 결국 이걸 소설로 쓰진 못했지만 간략한 산문으로 남겨 둔다.

걸음걸이

모든 사람들은 잠을 잔다.

모든 사람들은 밥을 먹어야 생명을 유지할 수 있다.

모든 사람들은 숨을 쉰다.

모든 사람들은 눈을 깜빡인다.

그리고 모든 사람들은 걸을 때 팔을 앞뒤로 흔든다.

그가 어떤 사람이든 마찬가지다.

선한 자든 악한 자든 모두 걸을 때 팔을 앞뒤로 흔든다. 자기가 팔을 앞뒤로 흔들고 있다는 사실도 잘 모른 채. 나는 그 점이 몹시 신기하다. 길을 걸으며 걷는 사람들을 관찰하다 보면 사람들이 모두 팔을 열심히 앞뒤로 흔들며 걷고 있다는 사실을 알 수 있다. 두 손으로 휴대폰을 잡고 있지 않는 이상. 숨 쉬는 것을 의식하는 것이나, 입 안의 혀를 의식하는 것처럼 나는 걸을 때면 사람들의 걷는 모양새를 의

식한다.

팔을 앞뒤로 흔들며 걷는 사람들이 길에서 담배를 피고 팔을 앞뒤로 흔들며 걷는 사람들이 담배 냄새 때문에 고통을 받고 팔을 앞뒤로 흔들며 걷는 사람들이 범죄를 저지르고 팔을 앞뒤로 흔들며 걷는 사람들이 범죄로 죽는다.

범죄자도 밤이 오면 집에 가서 잠을 자고,

오래전엔 수많은 전쟁에서 이긴 장수도 밤이 오면 잠을 잤겠지.

무방비 상태로 잠에 들고, 일어나면 두 팔을 흔들며 바보처럼 걷는 자들을 생각한다.

모든 사람들이 걸을 때 팔을 흔든다는 별 것 아닌 사실이 가끔 웃기면서, 두렵다.

세계 건축과 세계의 끝

세계를 건축하는 과제는 졸업을 위한 선택 전공 '세계 건축학'의 학기 말 과제였다. 대학생들은 신입생 때는 언젠가 어서 4학년이 되어 세계 건축학을 듣고 싶다고 생각했지만, 그들의 각오는 4년 동안의 시간이 흐르며 희미하게 사라져 가곤 했다. 결국 끝까지 세계 건축에 대한 꿈을 놓지 않고 있거나, 혹은 그 학기에 졸업이 급한 졸업 예정자들만이 그 수업을 듣게 되었다.

특히 세계 건축학을 맡은 교수는 학계에서 저명한 인사였으나, 학생들이 관심 있는 것은 오로지 교수가 학점을 얼마나 잘 주는 지와 과제의 양 같은 것들밖에 없었다. 물론, 세계 건축학 교수는 과제가 많고 세 시간 수업을 항상 10분에서 15분씩 늦게 끝내는 것으로 유명했다. 그 때문인지 자의 반 타의 반으로 세계 건축학을 선택한 수강생들로 가득 찬 세계 건축학 수업 교실에선 언제나 묘한 적막감이 감돌았다.

특히 그 강의실에서 끝나는 이전 강의가 신입생들이 듣는 필수 교양 강의인 '무한대로 상상하기' 수업이었기 때문에 재미있는 수업을 듣고 나오는 새내기들의 표정과, 지루한 수업을 들으러 가야 하는 고학년들의 표정은 늘 대비되곤 했다.

안경을 쓴 연로한 교수가 하나하나 출석을 불렀고, 교수는 이 수업은 세계 '건축' 수업이며, 절대 세계 '창조' 수업이라 부르지 말 것을 강조했다. 건축의 관점에서 세계는 매우 정교하게 건축되어야 하며, 건축시엔 그 건물에 사는 자들의 안전을 보장하며 최대한의 내구성을 고려해야 한다. 하지만 무언가를 '창조'한다는 것은 그저 만들어낸다는 것 자체에 의미가 있을 뿐이며 '창조'라는 단어에 정신이 홀려 자신을 마치 대단한 존재가 된 것마냥 착각한다든가, 건축된 세계에 대해 다분히 무책임한 태도로 일관할 수 있다는 것이 그 이유였다.

하지만 교수의 말을 열심히 듣는 수강생은 거의 없었다. 세계 건축 쪽으로 대학원을 가려고 하는 몇

몇 대학생들만이 열심히 필기를 해가며 듣고 있었고, 대부분은 우주 전쟁 게임을 하거나 친구들과 sns로 잡담을 나누었다. 물론 교수도 그들이 자신의 말을 경청하고 있지 않다는 것을 알고 있었다. 하지만 교수는 자신의 수업이 단 몇 사람에게만이라도 세계 창조학이 아닌 세계 건축학으로 남았으면 했다.

본격적인 수업이 시작되고 수강 포기 데드라인인 전체 수업 시수 1/4 선에서 많은 학생들이 수강을 포기했다. 교수는 그들이 들고 온 수강신청 포기서에 있는 사유를 하나하나 훑어보았다. 구불구불한 글씨로 '개인 사정상 수업을 포기합니다.', '수강포기를 신청합니다.'같은 의미 없는 말들이 수강신청 포기란에 적혀 있었다. 개중엔 '이미 취업을 했습니다.' 같은 말도 적혀 있었다. 그렇게 강의실에 남은 학생들이 얼마 남지 않은 상태에서 학기말 과제가 진행되었다.

학생들은 기말 과제로 세계를 건축할 때의 주의 사항에 대해 약 이 주간 총 네 번의 수업을 들었다. 수업의 내용을 요약하면 다섯 가지 정도였다.

1. 충분한 자원을 땅 속에 매설해 놓을 것

2. 최소한의 지성체 발생 조건을 한 우주 당 최소한 한 행성은 만족하게 해 놓을 것

3. 적당한 과학기술을 갖추게 되면, 우주와 세상의 비밀, 세계의 끝에 대해 탐구하게 하며 존재론적 질문과 인문학적 탐구를 지속할 수 있게 할 것(*이 과정에서 각 단계마다 적절한 보상이 있지만, 끝내 세계의 진실엔 다가가지 못하게 하여, 지성체 발전의 동기부여를 줄 것.)

4. 초기엔 완만한 상승 곡선을 그리며, 후기에는 급진적인 변화가 일어나게 할 것

5. 한 개체가 누리는 행복과 슬픔의 총량을 면밀히 검토할 것

하지만 교수의 말은 들으면 들을수록 헷갈렸다. 어떤 학생이 물었다.

— 충분한 자원은 보통 어느 정도의 양이지요?

교수는 질문의 수준이 처참하다고 속으로 생각했지만, 지금까지 그런 학생이 한두명인 것이 아니었다. 교수는 온화하게 대답했다.

— 그 정도를 알려주는 것은 아무 의미가 없습니

다. 각자 만드는 세계에 따라 다르지요. 적당한 자원의 총량이란 세계마다 다르고, 이것을 스스로 계산하는 방법은 이 강의를 잘 따라왔다면 쉽게 계산할 수 있을 겁니다.

또 다른 학생이 물었다.

— 세계의 끝에 대해 관심을 가지게 해서, 인류 발전의 동기부여를 한다고 했는데요. 세계의 끝을 탐구할 수 있다는 과학적 동기부여가 적절한 시기에 이루어져야 한다는 말씀인 것 같습니다. 그런데 제가 궁금한 것은, 인문학적 탐구에 대한 부분인데요. 인문학이 과연 유용한 도구일까요? 저는 인문학으론 세계의 비밀을 풀 수 없을 것 같습니다. 그게 꼭 포함되어야 하나요? 지성체들이 과학적으로 세계의 끝을 밝혀내려는 시도를 하는 것에만 집중해서 세계를 만들어도 높은 점수를 주시는 지 궁금합니다.

— 글쎄요. 일단 과학의 시작과 끝은 결국 인문학적인 존재론적 질문과 뗄 수 없는 관계라는 것을 말해 두고 싶군요. 어쩌면 인문학이 가장 과학적일수도 있지요. 인문학과 과학은 결국 세계와 존재에 대

해 탐구하는 것입니다. 다만 그 도구가 다를 뿐이죠. 그러니까, 인문학의 시작과 끝도 곧 과학적 탐구입니다. 과학이 몇 만년 뒤에 밝혀내는 것을 인문학은 이미 몇 만년 전에 밝혀냈을 수도 있죠. 그럴듯한 가정으로요. 인문학이 오래 전에 상상한 것을 과학은 오랜 시간 후에 증명합니다. 그 증명은 다시 존재를 뿌리 깊게 흔들어 놓기도 하죠. 이 둘은 떼어 놓을 수 없습니다.

학생은 절반은 이해하지 못한 표정으로 고개를 끄덕였다. 그리고는 노트에 글씨를 끄적였다.

[무슨 말이지? 아무래도 존재론적 고민보단 과학적 진보를 이룬 세계를 만들어야겠음.]

— 또 질문 있습니까?

이번엔 맨 끝자리에 앉은 학생이 손을 들었다. 반에서 가장 긴 이름을 가진 학생이었다. 교수는 그 학생의 이름을 부를 때마다 멋진 시를 한 편 읊는 것 같은 느낌이 들어, 그 이름을 부르기 전엔 잠시 호흡을 가다듬곤 했다. 하나 아쉬운 점은, 그 학생은 수업 시간만 되면 엎드려 잔다는 것이었다.

— 평가 기준은 무엇인가요?

이름에 비해 굉장히 평범한 질문이 나왔다.

— 기말 과제의 평가 방식은 최대한 오래 유지되는 세계를 만드는 것입니다. 세계란 결국 무너지는 것이고 시간 앞에서 억겁의 시간이 지나도 결코 무너지지 않는 건축을 하는 것은 불가합니다. 하지만 건축을 보다 유려하게, 보다 견고하게 할 수 있어요. 그런 것은 결국 우리 설계자들의 디테일입니다. 무언가 결정할 때 항상 생각하세요. 머릿속으로 가능한 미래를 수없이 떠올려 보고 시뮬레이션하세요. 이번 학기 동안 배웠던 모든 것들을 생각하며 이번 기말 과제에 임했으면 좋겠습니다. 물론 취업도 중요하겠지만.

교수는 잠시 호흡을 골랐다.

— 세계를 건축해보는 경험이 여러분들의 앞날에 어떤 계기로 작용할지 모릅니다. 최선을 다하길 바랍니다. 그리고 세계 건축은 여러분들이 생각보다 꽤 몰입하게 될 작업이기도 합니다. 지금 이 말을 듣는 여러분들은 상상도 못 할 테지만, 처음엔 시니컬하게 시작했다가, 평가가 끝난 후 세계를 분해하는 작업을 할 때면 몇몇 학생들은 눈물을 흘리곤 했

습니다. 학기말 과제를 진행하다가 그 과제를 대학교를 졸업해서도, 늙어 노인이 되었을 때까지도 끼고 사는 설계자가 있을 지도 모르죠. 여러분들이 학기말 과제 평가가 끝난 후 후련하게 세계를 분해할 수 있게 최선을 다하십시오.

교수는 학생들의 얼굴을 바라봤다. 역시나 교수의 말을 집중해서 듣는 학생은 몇 없다.

— 그럼 오늘은 여기까지 하죠.

교수는 그렇게 말하고 강의 노트를 챙겨 교실 밖으로 나갔다. 학생들은 기지개를 펴고, 친구들과 점심 메뉴에 대해 떠들며, 우르르 썰물처럼 강의실을 빠져나갔다.

*

교수는 제출된 기말 과제를 면밀히 살펴봤다.

어떤 행성은 그 속의 생명체들이 너무 똑똑한 나머지, 그들이 어떤 4학년의 과제물 우주 속에 있다는 것을 너무 일찍 깨달아 버려 학생들의 시간으로

2주, 그들의 시간으로 약 육십 억년의 시간을 버티고 소멸했다. 어떤 행성은 아무리 초기 세팅을 잘해 줘도 지성체가 나타나지 못했다. 어떤 행성은 자기들끼리의 끊임없는 의심과 전쟁으로 학생들의 시간으로 3일도 지나지 않아 멸망해 버렸다. 결국 제대로 유지되어 제출된 과제의 수는 전체 수강생의 2/3 정도에 그쳤다.

모든 채점이 끝나고, 세계를 해체해야 할 시간이 왔다. 하지만 몇몇 학생들은 쉽사리 모듈의 전원을 끌 수가 없었다.

세계를 건축한다는 것은, 특히 건축된 세계를 스스로 해체한다는 것은 생각보다 많은 감정을 불러일으켰다. 학생들은 눈물을 흘리면서도, 그런 스스로의 모습에 놀라 어안이 벙벙한 표정이었다. 교수는 해마다 반복되어 온 풍경에 큰 감흥은 없었다. 다만 전원을 내리는 학생들의 덜덜 떨리는 손을 보며 세계를 해체한다는 것은 건축가와 거주민 모두에게 슬픈 것이란 생각을 했다.

평가가 끝나고 어수선해진 분위기에서 교수는 수업을 끝냈다. 이 중에서 세계 건축으로 대학원을 가는 사람은 몇이나 될까. 잠시 씁쓸한 생각에 잠기다, 자리를 정리하고 나가려 하는데, 한 학생이 교수에게 다가와 물었다. 이름이 길고 특이한 그 학생이었다.

— 교수님. 터무니없는 생각이라 말할까 말까 많이 고민했지만, 그래도 꼭 교수님의 말씀을 듣고 싶어서 말씀드립니다. 저는 이런 생각이 듭니다. 어쩌면 이 세계도 누군가의 전공 과제면 어떡할까, 라는 생각이요.

교수는 천천히 고개를 끄덕였다.

— 재미있는 생각이군요. 물론, 아닙니다. 우리의 과학이 그걸 증명해내고 있죠.

— 그렇지만 교수님은 이렇게 말했습니다. 세계의 비밀을 탐구할 수 있도록 적절한 보상을 제공하라고요. 어쩌면 이 세계를 구상한 건축가가 그 보상을 정말 적절하게 설계해서, 그 결론까지 이르는 과정을 완벽하게 점진적으로 구상해 둔, 그러니까 A+짜리 과제가 아닐까 하는 생각이 듭니다.

— 좋아요, 그럼 만약 학생의 가정이 진짜라고 생각해 보죠. 중요한 건 이것입니다. 그렇다고 하여

변하는 것이 있을까요?

— 저는 아직 젊습니다. 제 삶이 다하기 전에, 만약 설계자의 기말 과제가 끝나 세계를 분해해 버린다면 저는 하루아침에 영문도 모른 채 사라지게 됩니다. 저는 그게 두렵습니다. 그래서인지 계속 잠으로 도피해서 그런 가정을 회피하려고 했던 걸지도 모르겠습니다. 어쨌든, 제가 과제를 하면서 관찰했던, 제 세계의 지성체들은 모두 저처럼 각자의 고민과 계획을 안고 살고 있었습니다.

— 이 세계가 과제 속 세계라는 확률은, 여기서, 이 세계가 가짜라 하더라도, 사고를 당해 죽을 확률보다 낮은 확률일 겁니다. 게다가 설계자가 어느 날 갑자기 세계를 분해한다는 가정보다는 과제 속에서 사고로 죽을 확률이 훨씬 높고, 더 억울하겠죠.

— 그렇지만…….

— 설계자가 이곳을 만들었다고 해서 이곳이 가짜가 되나요? 어떻게 만들어졌던, 어떤 목적이든 이미 건축된 세계는 세계입니다. 무엇이든 가짜인 세계는 없습니다. 진실이라 생각하면 진실이 되고, 거짓이라 생각하면 거짓이 됩니다.

학생은 교수의 말을 따라가기 바빴다. 학생의 마음을 교수가 읽은 듯 덧붙였다.

— 모든 건 맞닿아 있습니다. 그 맞닿은 끝에 대해 계속 생각하다 보면 삶을 잃어버리게 됩니다. 기말 과제는 기말 과제일 뿐이에요.

— 네, 교수님. 그럼 교수님은.

학생이 살짝 붉어진 얼굴로 물었다.

— 만약 이 세계가 기말 과제라면요. 물론 교수님이 어떤 의도로 말을 하고 있는지는 알겠지만. 만약 이 과제를 평가한다면 어떤 점수를 주고 싶습니까?

— 내가 이 세계의 끝을 보고 죽을 확률은 낮으니. 지금으로선 평가할 수 없습니다.

학생은 고개를 꾸벅 숙이고, 강의실을 나갔다. 그렇게 도망치듯 나가지 않아도 되는데 말이다. 교수는 여전히 학생들이 순수하다 생각했다. 그 깨끗함과 호기심이 그들의 남은 젊음을 수레바퀴처럼 견인해 나갈 것이었다.

*

　교수는 집으로 돌아왔다. 현관에 잠시 불이 들어왔다. 교수는 신발을 벗지 않고 잠시 가만히 서 있었다.

　까마득히 오래 전에 했던 학기말 과제를 떠올렸다. 교수는 스스로를 겁쟁이라 생각했다. 오래 전, 교수는 도저히 자신이 만든 세계를 해체할 수 없었다. 기말평가가 끝난 강의실에서 교수는 모듈의 전원을 끄는 척 했다. 수강생들의 과제를 모아두는 창고에 숨어 하루를 버티고, 과제를 훔쳐 무작정 집으로 달렸다. 땀을 뻘뻘 흘리며 횡단보도를 건너 집으로 무거운 세계를 들고 뛰며 교수는 자신이 살아있음을 느꼈다.

　교수는 세계가 잡아먹는 막대한 에너지세를 매년 내며 살았다. 결혼을 하고 싶었지만 시기를 놓쳤다. 끼고 살아야 하는 세계가 있는 자를 사랑해 줄 존재는 없었다. 교수가 건축한 세계는 교수의 집에서 아주 작은 부피를 차지했지만, 그와 동시에 교수의 모든 것이었다. 교수는 집에서 세계 속 몇십억의 지성체들과 함께 살았지만 동시에 완전히 혼자이기도 했다.

오늘 수업이 끝난 후 질문을 한 학생의 혼란스러운 얼굴을 떠올린다. 그것은 세계 건축학 수업을 듣는 학생들이 한 번 씩은 해 볼 만한 생각이었다. 그리고 자신의 집에 있는, 건축된 세계에 살고 있는 지성체들도 같은 의문을 품으며 살고 있을 것이었다.

교수는 도저히 세계를 해체할 수가 없었다. 자기가 만든 세계의 거주민들에게 차마 가혹한 심판을 내릴 수 없었다. 교수는 자신이 언젠가 큰 병에 걸려 누워 있을 때 즈음에, 혹은 더는 강의를 나갈 수 없을 정도로 쇠약해진다면 그땐 꼭 세계를 해체해야겠다고 생각했지만 그 결심은 매번 강의를 마치고 현관에 들어설 때면 뿔뿔이 흩어지곤 했다.

교수는 작은 방으로 들어간다. 그 곳에 교수가 오래 전 훔쳐 온 세계가 있었다. 교수는 세계 해체 버튼 위에 손을 올려 본다. 살짝 튀어나와 있는 그 둥그런 버튼의 디자인은 몹시 투박하다.

한동안 버튼 위에 손을 가져다 대고 있다가, 결국

오늘도 버튼을 누르지 못하고 거실로 간다. 저녁을 준비하고, 재미있는 예능을 틀고, 쇼파에 앉는다. 교수는 자신이 끊임없이 도망치고 있다고 생각했다. 어느 세계에 분명히 정해진 끝을 망각하려 노력하면서. 예능에서 사람들이 웃고 떠든다. 웅웅웅웅, 세계가 돌아가는 낮은 소리가 희미하게 들려온다.

어떤 사랑의 증명

M 노인은 재판장에 마지막으로 도착했다. 마지막 재판이다 보니 판사들은 조금 지쳐 있었다. 판사들이 까먹은 귤껍질이 책상 위에 잔뜩 쌓여 있었고 재판장 안엔 옅은 귤 향기가 가득했다. 거대한 문이 열리고 살짝 비쳐 들어오는 빛과 함께 M 노인이 들어왔다. 판사들이 서류를 뒤적여 M 노인의 신상을 다시 한번 파악했다. 순탄한 인생을 살고, 몇몇 인생의 굴곡을 겪다, 작은 전원주택에서 행복한 노년을 보내다 죽었다. 그러니까, 딱히 특출나지도, 모나지도 않은 인생이었다. 범죄 이력 없음, 특이 사항 없음. 적당히 잘 살았어, 재판은 금방 끝나겠군, 재판장들은 그렇게 생각하며 앞을 바라보았다.

M 노인은 상체가 살짝 한쪽으로 굽어 있었다. 약간 오른쪽으로. 그것만이 M 노인에서 발견할 수 있는 한 가지 특이한 지점이었다.

M 노인에 대한 재판은 빠르게 종결되었다. 부장

판사는 M 노인에게 딱히 이승에서의 범법 행위가 발견되지 않아 강을 건널 수 있는 자격을 부여한다고 판결했다. 그 말과 동시에 판사들의 뒤편, 오른쪽에 있는 문이 열렸다.

하지만 M 노인은 문으로 향하지 않았다. 아내를 만나야 한다는 것이었다.

— 아내는 당신보다 먼저 심판받았습니다. 어디로 갔는지는 모르겠군요. 문밖에서 찾아 보시지요. 하지만 아내 분이 당신을 기다리고 있을지 모르는 일이고, 서로 찾는 것도 오래 걸릴 겁니다.

부장 판사가 귀찮다는 목소리로 말했다. M 노인은 그 말에, 얼마나 오래 걸리는지는 상관이 없다고 말하며 문밖으로 나갔다. 판사들은 묘하게 오른쪽으로 기울어 걷는 M 노인의 뒷모습을 오래 바라보았다.

— 밥 먹으러 갑시다.

부장 판사가 말했다.

막내 판사는 문 너머를 비추는 화면을 바라보았다. 문 너머에서 M 노인은 아내의 손을 잡고 걸어가고 있었다. 아내는 M 노인에 비해 키가 많이 작앉다. 아내가 M 노인에게 무어라 말하고, M 노인은 상체를 아내 쪽으로 굽혀 말을 듣는다. 이미 굽은 M 노인의 허리가 오른쪽으로 더욱 굽는다. 그 모습을 한참 바라보고 있는데 부장 판사가 말한다.

— 안 가고 뭐 해?

— 아, 갑니다!

막내 판사는 급하게 판결 자료의 여백에 몇 문장을 휘갈겨 쓰고, 자리에서 일어났다.

상체가 한쪽으로 굽은 노인.

어떤 사랑은 눈으로도 볼 수 있다.

겨울의 노래

  란은 겨울 햇빛이 비쳐 들어오는 카페에 앉아 삼천구백 원짜리 아이스 아메리카노를 마시고 있다. 대학생 정도로 보이는 옆 테이블 사람은 두꺼운 문제집을 펼쳐놓고 앉아 사뭇 심각하게 통화 중이다. 듣자 하니 올해로 공무원 시험 준비를 한 지 삼 년째인데, 이번 시험이 마지막 기회일 것이라 한다. 옆 사람의 핸드폰 너머로 상대의 말소리가 들려온다. 여태까지 열심히 노력했잖아. 이번엔 잘 될 테니까 너무 걱정하지 마. 그리고 상대는 한동안 침묵하더니 말한다. 오늘도 한 끼도 안 먹은 건 아니지? 밥 아무거나 먹지 말고, 네 건강도 좀 챙겨. 꼭 붙을 거야. 내가 매일 기도할게. 그 말에 옆 테이블 사람의 눈에서 눈물이 흘러내린다. 카페 로고가 그려진 휴지를 들고 눈물을 닦으며, 고맙다고 대답한다.

  란은 기도라는 말에 귀가 간지러워 그만 자리에서 일어선다. 란은 그저 아이스 아메리카노를 마시던 중이었으니까. 커피와 함께 녹아드는 얇은 종이 빨대의 종이 맛까지 느끼면서. 심지어 쿠폰 할인을 받아 원래 사천이백 원짜리 아이스 아메리카노를 삼천구백 원에 마시며, 커피값 맨 앞자리가 바뀌었다는 데에서 묘한 안도감마저 맛보고 있었다. 란은 어색하게 헛기침하고 쟁반에 커피잔을 올려 카운터에 가져다 놓는다.

짐을 챙기러 다시 자리로 돌아오며, 옆 테이블 사람의 얼굴을 살짝 살핀다. 창백한 안색, 가느다란 손목과 아무렇게나 묶은 머리, 파리한 입술. 전화를 끊고도 한참을 조용히 먼 곳을 바라보며 앉아 있다. 카페 책상 위에 놓인 문제집을 손끝으로 돌돌 말면서.

란의 마음이 일렁인다. 란은 그 사람에게 조그마한 행운을 마련해 준다. 시험에 합격하게 해 줄 수는 없겠지만, 시험장에 가기까지 횡단보도 신호를 막힘 없이 건널 수 있는 수준의 행운을 줄 수는 있다. 그것이 지금 란이 한 인간에게 해 줄 수 있는 모든 것이었다.

카페에서 나오자 차가운 겨울 공기가 란의 옷을

스치고 지나간다. 란의 얇은 패딩이 마치 돛처럼 펄럭거린다. 주머니에 손을 찔러 넣고 걷다가 가파른 골목길을 올라간다. 골목길 끄트머리에 있는 피자 가게 앞에 도착한 란은 능숙한 솜씨로 쭈그려 앉아 셔터를 연다. 가게는 직사각형으로 길쭉하고, 가게 대부분을 차지하는 오픈형 주방 안엔 큰 오븐이 하나 놓여 있다. 그나마 딱 하나 있는 네모난 테이블엔 피자 상자와 배달용 용기들이 높게 쌓여 있어 사실상 테이블의 기능은 잃어버린 지 오래다. 종종 매장에서 피자를 먹고 가곤 했던 손님들은, 테이블이 짐을 쌓아놓는 곳으로 변하고 나서부터 사라졌다. 그래서 가게 안엔 항상 피자와 피자 재료들과 피자를 위한 포장재들과 란 뿐이다.

6평도 되지 않는 이 작은 피자 가게가 란의 모든 것이 되었다. 지금 란의 유일한 걱정은 주말 사이 4.8로 떨어진 배달앱 별점을 어떻게 하면 4.9로 다시 올릴 수 있을지다. 란은 익숙한 솜씨로 장사를 시작할 준비를 한다.

란의 손끝에서 피자 도우가 돌아간다. 부드럽고 유연한 8자형을 그리면서, 흔들린다. 손을 잠깐 떠났다가, 다시 나비가 꽃에 착지하듯 돌아온다. 란의 눈에 그 광경은 아주 위태로우면서도 끝나지 않는 춤 같이 보인다. 벌도 8자형을 그리며 난다고 했던가, 언제가 들었던 말을 떠올린다. 손끝에서 떨어질 듯 떨어지지 않는 피자 도우의 회전은 마치 슬로우 모션처럼 재생된다. 개구리가 곤충을 탐색하다, 긴 혀를 내밀어 곤충을 입 안으로 쑥 들여보내는 그 찰나의 순간을 십 초가 넘는 시간 동안 연출하는 다큐멘터리처럼 천천히.

란에게 피자의 세계를 알려준 것은 정 노인이었다.

이십 년 전, 그때도 지금처럼 겨울은 유난히 추워, 주머니가 터진 패딩엔 겨울 칼바람이 숭숭 들어오고 패딩 주머니에 넣은 손을 아무리 둥글게 그러쥐어도 얼어버릴 것만 같은 날씨였다. 란은 한겨울에 잔뜩 헤진 패딩을 입고, 길거리에서 누군가 버린 붕어빵 봉지를 집어 들었다. 붕어빵 봉지 안엔 잇자국이 난 붕어빵 꼬리가 한 개 남아 있었다. 꼬리를 한 입 베어 물고 씹어 넘기고 있던 란을 정 노인이 발견했다.

— 얘야, 왜 그런 걸 먹고 있어. 집이 어디야?

란은 쉽사리 대답하지 못했다. 정 노인의 눈썹이 란을 측은하게 여기는 듯 걱정스레 밀려 올라갔다. 란은 정 노인에게 자신의 집은 여기에 없다고 말 할지 잠시 고민하다가, 그만두었다.

— 피자 좋아하니?

란이 아무 말도 하지 않고 가만히 있자 정 노인이 물었다. 피자를 먹어 본 적은 없었지만, 란은 고개를 끄덕였다. 다행이구나, 정 노인은 그렇게 말하고서 란의 손을 잡고 자신의 피자 가게로 향했다. 피자 가게로 가는 골목길은 경사져 언덕처럼 높았다. 란은 정 노인과 함께 언덕을 올라 피자 가게에 도착했다. 그리고 매장에 단 하나 있는 테이블에 앉아 정 노인이 만든 피자를 먹었다. 따끈따끈한 동그란 도우 위에 여러 가지 색깔의 재료들이 모두 원형을 그리며 올라가 있는데, 그 모습은 마치 태양을 돌고 있는 행성들처럼 영롱했다.

란은 피자를 우물우물 먹으며 노인의 얼굴을 살폈다. 마음만 먹으면 자신에게 무언가 도움을 주려

하는 정 노인에게서 피해, 이 피자 가게를 눈 깜짝할 사이에 빠져나와 어딘가로 사라질 수 있었다. 하지만 란은 자신의 차가운 손을 잡아 주었던 노인의 손이 주는 무게가 그리 나쁘지는 않았다.

콜라 한 캔을 다 비웠다. 정 노인은 천천히 냉장고로 걸어가 콜라 한 캔을 더 내밀었다. 업소용, 이라고 캔에 쓰인 흰 글자를 란이 한참을 관찰하고 있을 때, 정 노인은 조심스레 부모님은 어디 계시냐 물었다. 란은 가출 아동으로 분류되어 경찰서에 가기는 싫었다. 인간들의 귀찮은 일에 휘말리는 것은 딱 질색이다. 경찰은 란을 샅샅이 조사한 다음, 란이 출생신고조차 되어 있지 않은, 말 그대로 하늘에서 뚝 떨어진 사람이란 것을 알고 허둥대겠지. 란은 그저 집으로 돌아가고 싶지 않다고 했다. 그 말은 적어도 사실이다. 란은 다시는 고지식한 신들의 세계로 돌아가고 싶지 않으니까. 정 노인은 그 말에 탄식인지 무엇인지 모를 것을 내뱉더니 말했다.

— 정말 돌아가기 싫다는 거지?

— 네. 정말로요. 다시는 돌아가고 싶지 않아요.

란은 그렇게 대답하며 새 피자 조각을 집어 들었

다. 신들의 세계는 끊임없이 구역질이 나, 그 오만방자한 모습을 보다 보면 차라리 인간이 되고 싶었다. 인간을 머리 꼭대기에서 내려보는 존재가 아니라 인간 안에 부대끼며 살고 싶었다. 다른 신들은 그런 란을 보며 답답해했다.

인간이란 자들이 고귀해 보여? 즐거울 것 같아? 천만에, 그들은 이기적이고 자기들밖에 모르지. 두 개나 달린 눈으로 자신의 모습은 거울이 없으면 끝내 살펴보지 못하는 존재들이야. 조금 앞서 뭔가를 성취한 사람이 보이면 질투하고 시기하고, 조금만 자신보다 어렵게 사는 것처럼 보이면 동정하며 도와주고서는 도덕적으로 우위에 있다는 묘한 행복감을 느끼는 이상한 자들이지. 넌 이 결정을 결국엔 후회하게 될 거야.

란은 잔뜩 걱정스러운 표정으로 자신을 바라보는 이 허리 굽은 노인이 결국엔 자신을 경찰서에 보낼 것 같다고 생각했으나 정 노인은 그러지 않았다.

— 조금 있으면 진희가 올 거다. 불편하지 않다면, 이 층에 방이 있으니 조금 앉았다 가렴.

정 노인은 란에게 무슨 사연이 있는지 묻지도 않

앗다. 란도 진희가 누구인지 묻지 않았다. 정 노인은 피자 가게 이 층에 있는, 거실 양쪽으로 방이 두 개 딸린 오래된 집에 란을 올려보냈다. 란은 그 집에 앉아 낡은 패딩을 벗어두고 앉아 창으로 들어오는 햇살을 바라보았다. 햇살이 지나가는 자리에 작은 먼지가 해파리처럼 둥둥 유영하고 있었다. 따뜻하고 아름답다, 란은 그렇게 생각했다. 벗어둔 패딩 옆에 일자로 길게 눕자, 패딩에서 옅은 페퍼로니 피자 냄새가 났다.

그렇게 알게 된 피자의 세계란.

알면 알수록 신기했다. 인간들의 삶은 한순간도 쉬지 않고 끊임없이 변하곤 했다. 한 봉지에 네 개였다가 두 개까지 줄어든 붕어빵, 핸드폰만 보며 걷는 사람들. 핸드폰만 보며 걷는 사람들을 위해 횡단보도 앞 바닥에 생겨난 앞을 살피라는 표시등. 코딩과 유튜브를 가르쳐 준다는 학원. 우후죽순으로 생겨났다가 사라지는 작고 예쁜 가게들. 하지만 변하지 않는 것도 있다. 정 노인과 진희, 그들과 함께 머물렀던 가게 2층 낡은 집에서의 나날들, 정 노인의 피자 가게에서 파는 피자 라지 사이즈의 무게, 갓 나온 피자의 온기.

오래전 정 노인과 손녀 진희, 그리고 란이 함께 살았던 집의 뚱뚱한 고물 텔레비전은 틈만 나면 전파가 나가기 일쑤였고, 그때마다 진희는 텔레비전을 세게 퉁퉁, 쳤다. 진희야, 그러다가 테레비 망가진다, 라고 정 노인이 입을 뗄 즈음에 텔레비전은 놀랍게도 고쳐지곤 했다. 란과 정 노인과 진희는 여름엔 뭉텅뭉텅 자른 수박을 들고 먹었고, 겨울엔 창문에 에어캡을 붙이느라 소동을 벌였다. 그런 시절이 있었다. 진희와 란은 함께 자랐고, 시간이 지날수록 진희는 점점 자기 세계에 갇힌 과묵한 고등학생이 되어갔다. 정 노인은 란도 학교에 보내려 했으나 란은 한사코 학교에 가지 않았다. 란은 정 노인에게 피자 만들기를 가르쳐 달라고 했지만, 정 노인은 지금은 그럴 때가 아니라며 거절했다. 란과 정 노인은 서로를 한 번씩 거절했고, 결국 정 노인은 란이 피자 가게의 잡무를 돕는 것만을 허락해 주었다.

몇 건의 배달 주문을 처리하고 잠깐 숨을 고른다.

완료된 주문 건에 확인 버튼을 누를 때마다 배달앱의 경쾌한 알람이 울린다.

란은 어제 피자를 주문한 사람이 남긴 별 다섯 개 리뷰를 확인한다. 별 다섯 개 리뷰가 달리는 날엔 기분이 아주 좋다. 전체 별점이 4.9점으로 올랐을까 싶어 확인해 봤지만, 여전히 4.8점에 머물러 있다. 란은 다시금 피자 도우를 돌리는 것에 열중한다. 미리 좀 만들어 놓으려 했는데, 마음처럼 되지 않는다. 한때 인간들의 머리 꼭대기에 서서 인간사의 명운을 놓고 저울질하던 란의 손끝은 온통 피자 도우 끝에 몰려 있다. 이렇게 피자를 돌리는 것이 어쩌면 자신이 그토록 오랜 시간 동안 바라 왔던 것일지도 모른다고, 란은 생각한다.

신들의 능력은 무한하지 않다. 신들은 자신의 임기가 끝나면 점차 능력이 소멸하며 평온하고 영원한 노년기를 맞는다. 그들은 그것을 오랜 시간 동안 내렸던 무거운 선택들에서 해방되어 갖는 긴 휴가라고 여겼다. 물론 그들은 원한다면 말년에 인간으로 살아볼 수 있었지만 그런 경우는 한 번도 없었다. 인간이 된다는 것은 곧 언젠가 죽는다는 것과 똑같은 의미였기에. 하지만 란은 신으로 살기보다 인간이 되고 싶었다. 인간들이 무엇 때문에 그리 괴로워하거나 기뻐하는지, 왜 삶의 어려운 순간에 자신을 찾게 되는지 궁금했다.

그렇게 란은 인간이 되어 인간과 함께 살다 죽는 첫 번째 신이 되었으며, 신들의 세계를 떠나오는 것은 그리 오랜 시간이 걸리지 않았다.

란이 눈을 뜨자 한 아파트의 종량제 쓰레기더미 위였다. 봉투 몇 개가 뜯어져 있어 악취가 진동했다. 하필이면 이런 곳이라니. 란은 일어났다. 한 번도 맡아보지 못했던 쓰레기 냄새가 코를 찔러, 속이 메슥거렸다. 땅으로 내려와, 걸음마를 떼는 것처럼 천천히 걸어보았다. 두 다리로 땅을 딛고 걷는 것이 생경했다. 란은 조금 걷다가, 이윽고 달리기 시작했다. 숨이 차고 심장이 튀어나올 것 같았지만 란은 계속 달렸다. 아파트에서 네발자전거를 타던 아이가 멈춰서서 란을 신기하게 쳐다보았다.

골목으로 나와 한참을 달리다 멈춰 서서 가게 유리창에 비친 모습을 바라보았다. 란은 어린 여자아이가 되어 있었다. 꽤 낯선 모습이었다. 이젠 비로소 거울에 비치는 존재가 되었다고, 란은 생각했다.

다음 날이 되었고 란은 여기저기를 걸어 다녔다. 언젠가부터 배가 고팠다. 배가 고팠지만, 돈이란 것이 없어 아무것도 먹을 수 없었다. 란은 남들이 버린 음식을 주워 먹었다. 시간이 지나며 란은 자신에게 아주 미약한 능력이 남아 있다는 것을 알 수 있었다. 무게를 살짝 가볍게 하거나 온도를 조금 높이는 정도의 사소한 능력이었다. 그리고 그 때 즈음, 정 노인을 만났다.

정 노인의 집에서 함께 살게 되었을 때, 란은 정 노인과 진희가 먹는 과일들을 훨씬 달콤하게 만들어 주곤 했다. 그리고 무더운 열대야에 선풍기를 틀어 둘 때면, 선풍기 바람이 조금이라도 더 시원하게 느껴지는 능력을 부리곤 했다. 자신에게 그런 작은 능력이라도 남아 있어서 다행이라고 란은 생각하곤 했다.

— 선풍기만 틀어도 다행히 시원하다. 그렇지?

진희는 란에게 그렇게 말하며 웃었고 란은 그런 진희를 바라보며 응, 정말 다행이야, 라고 작게 말하곤 했다. 그렇게 선풍기 옆에 함께 누워 기뻐하던 숱한 밤들이 있었다.

진희는 눈이 반짝이고 꿈이 많은 소녀였다. 귀엽고 작은 체구의 인간이자, 란의 둘도 없는 친구였다. 진희의 눈엔 란은 영락없이 자신과 똑같은 소녀였으므로 왜 학교에 가지 않는지와 어쩌다 같이 살게 되었는지를 끊임없이 궁금해했다. 하지만 어느 순간부턴 진희는 란에게 그런 것들을 묻지 않았다.

— 만약 네 부모님이 나타나더라도 꼭 우리랑 함께 살아야 돼.

진희는 그렇게 말했다. 란이 돌아갈 집이 없으며, 돌아갈 수도 없다는 것을 알지도 못한 채. 란은 그저 고개를 끄덕였다.

진희가 고등학교 삼 학년이 되었을 때, 정 노인의 건강이 급격히 나빠졌다. 정 노인은 가게에 나오지 않고 온종일 이층 방에 누워 있었다. 열심히 공부해서 수능을 잘 치겠다고 하던 진희의 일과는 크게 달라졌다. 정 노인을 간호하는 것이 모든 것에서 최우선이 되었다. 그렇다고 공부를 소홀히 하지는 않았다. 진희는 거의 모든 시간을 깨어 있었다. 자기 팔

뚝보다 두꺼운 문제집들을 펴 놓고 끊임없이 공부했다. 제대로 잠을 자지 못한 진희의 잔뜩 충혈된 눈은 진희와 정 노인과 란이 한여름에 먹던 수박의 과육처럼 붉었다.

— 할아버지랑 같이 오래오래 살고 싶어. 세상엔 재밌는 게 많잖아.

언젠가 진희는 말했다. 란과 함께 피자 가게로 올라가는 경사진 언덕을 올라갈 때였다. 란은 진희의 얼굴을 보고 싶었지만, 어둠에 가려 잘 보이지 않았다. 진희는 언덕을 올라가는 것이 힘든 듯 가쁜 숨을 내쉬었다. 란이 진희의 뒤로 가, 진희의 등을 손으로 받쳐 주었다. 가끔은 가파른 언덕이 너무 버거워 둘의 힘을 합쳐야만 가까스로 올라갈 수 있을 때가 있었다.

진희의 등 뒤에서 진희의 어깨를 올려다보며, 란은 그 작고 둥그런 두 어깨에 너무도 많은 것들이 얹혀 있는 것 같다고 생각했다. 란은 진희가 하는 인형 뽑기가 극적으로 성공하게 만들 수 있으며, 진희가 언제나 횡단보도 신호를 기다리지 않고 건널 수 있게 할 수 있다. 진희가 메고 있는 책가방의 무게를 줄여 줄 수도 있다. 란은 작은 능력으로 어린 진희를 한없이 기쁘게 해 줄 수 있었다. 하지만 지금 진희가 짊어진 것은 그런 류의 무게가 아니었다. 문득 진희가 멈춰 서더니 말했다.

— 란아. 나는 언젠가 돈을 많이 벌어서 할아버지한테 근사한 식사를 사 주고 싶어. 코스요리가 나오는 식당에서. 그리고 서울로 가서 한강도 보고 싶고, 청계천도 걸어 보고 싶고, 정동진에서 일출도 같이 보고 싶어. 내가 풀빌라를 빌려서 하루종일 다 같이 썬베드에 누워 있고, 그리고 도시락 싸서 소풍도 가고. 그리고…….

진희는 그렇게 말하다 울먹였다. 란은 가만히 진희의 어깨를 두드렸다.

— 우리, 올라가지 말까?

란의 물음에 진희가 고개를 작게 끄덕였다. 란과 진희는 올라가던 언덕을 한달음에 내려가, 골목 초입에 있는 편의점에 들어갔다. 뭐라도 사야 할 것 같아 음료수를 하나씩 사고 편의점 밖 테이블에 마주 앉았다. 패딩 점퍼 안에 손을 넣고 앉아 있던 진희가 말했다.

— 있잖아, 란아. 할아버지가 갑자기 사라지면 어떡하지?

진희는 언제나 죽는다는 말을 쓰지 않았다. 대신 사라진다는 표현을 썼다. 죽는다는 것과 사라진다는 것 사이에는 사천이백 원과 삼천구백 원 같은 차이가 있었다. 사라진다는 건 언젠가 다시 찾을 수 있다는 거야. 마치 어디론가 사라진 현관 열쇠를, 한 번도 들여다보지 않았던 침대 밑에서 찾아내는 것처럼……. 언젠가 진희는 죽는다는 것과 사라진다는 것의 차이를 그렇게 말해 주었다.

— 할아버지는 사라지지 않아.

란이 말했다.

— 아니야, 사라질 거야.

진희가 말했다. 모든 인간은 결국 사라지기에, 실은 진희의 말이 맞았으므로 란은 더 이상 거짓으로 대꾸하지 못했다.

— 잠든 할아버지를 보다 보면 할아버지가 내가 잠깐 눈을 감았다가 뜬 사이에 사라졌을까 봐 걱정돼. 조금 전까지 내 앞에 누워 있다가, 갑자기 사라

지는 거야.

진희의 눈에서 눈물이 흘렀다. 진희는 란이 건네준 휴지를 받아 들고 한참을 숨죽여 울었다. 그날, 란은 진희의 부모님이 어떻게 돌아가셨는지 들을 수 있었다. 설 명절의 한 고속도로. 일가족 중 전복된 차에서 살아남은 사람은 진희뿐이었다. 진희가 여섯 살도 되지 않았던 때였다. 진희는 정 노인의 손에서 자랐다. 정 노인은 진희가 아무리 물어봐도 진희의 부모님이 어떻게 되었는지 말해 주지 않았다.

— 할아버지, 엄마 아빠는 아직도 병원에 있어?

— 그렇단다.

— 그럼, 그럼 언제 와?

정 노인은 진희의 그 질문에 항상 다른 곳을 바라보며 말꼬리를 흐렸다.

— 좀 더 치료받아야 해서…….

— 나도 갈래 병원!

정 노인은 그저 진희를 안아주었다. 어린 진희는 할아버지가 왜 대답하지 않고 자신을 안아주기만 하는지 알 수가 없었다.

언젠가 진희는 홀로 그림책을 펴 놓고 읽다 '사라
졌다'라는 단어를 보게 되었다. 그 단어가 어린 진
희의 뇌리에 깊이 박혔다. 다음 날, 진희는 정 노인
이 열쇠를 어디에 두었는지 몰라 허둥거리다가, 침
대 밑에서 그것을 찾아내는 것을 보았다. 아, 부모
님은 사라졌구나, 진희는 생각했다. 방에 엎드려 그
림책을 펴고, '사라졌다'라는 단어를 그림책에 따라
써 보았다. 구불구불한 그림처럼 '사라졌다'가 책에
새겨졌다. 그럼 언젠간 찾을 수 있을 거야, 진희는
생각했다.

어느 정도 진희가 자라고 나서 정 노인은 그날의
사고에 관해 이야기해 주었다. 구체적으로 이야기
해 주지 않았지만, 사고가 일어난 연도와 내용을 조
합해 열네 살이었던 어느 날, 진희는 가족에 관한
기사를 기어코 인터넷에서 찾아내었다. '설 첫날,
고속도로에서 일가족 참변, 남겨진 아이'. 그 건조
한 기사 제목을 클릭하는 데에는 참 많은 시간이 걸
렸다.

진희는 열아홉 살이 된 지금도 가끔 그 사고가 실
린 기사를 찾아본다고 했다. 거기 기사에 쓰여 있는

정 모 씨와 한 모 씨와 그 옆에 적힌 너무나도 젊은 나이를 보며 부모님을 떠올린다고 했다. 그 성씨와 괄호 속 숫자들이 부모님을 기억할 수 있는 유일한 표지가 되었다. 부모님은 인터넷에 영원한 글자와 숫자로 남아 존재했다. 진희는 그 기사 내용과 그 기사를 쓴 기자의 이름, 기사가 입력된 시간까지 모두 외우고 있었다.

─ 거기 쓰인 댓글도 지금까지 몇백 번은 넘게 읽었을 거야. 사람들이 남긴 댓글은 모두 슬퍼 보였어. 살아남은 아이는 어떡하냐, 하루아침에 부모를 잃었으니 아이가 받을 충격이 어마어마하겠다, 부디 잘 크길 바란다, 그런 말들. 그런 면에서 보면, 확실한 건 말이야.

진희가 잠시 숨을 골랐다.

─ 난 생각보다는 잘 살아있는 것 같아. 사람들이 걱정하는 것만큼 슬프게 살지는 않았어. 어찌할 바를 모르고 살지도 않았고, 그냥 할아버지랑 함께, 그리고 너랑 함께 즐겁게 지냈어. 난 사는 게 좋아. 삶을 포기하고 싶단 생각을 해 본 적이 없어. 그런 생각을 하면, 할아버지가 슬퍼할 테니까. 그런데 자

주 걱정이 돼. 할아버지가 엄마 아빠처럼 갑자기 사라져 버릴까 봐. 있잖아, 란아. 그러면, 그땐 어떡하지?

란은 진희의 손을 잡았다. 진희의 손은 겨울 바람에, 너무나 차가웠다.

— 항상 내가 있을 거야.

란이 말했다. 진희가 눈물을 손등으로 닦으며 물었다.

— 할아버지가 만든 피자를 먹고 싶으면?

— 내가 피자 만드는 방법을 배울게.

— 나한테도 안 가르쳐주는데. 할아버지는 계속 혼자 한다고 하잖아. 나도 그냥 공부 안 하고 피자 만들겠다고 해도 들어주지도 않아. 고등학교 삼 학년이라고 아픈 것도 나한테 계속 숨기고.

진희가 잠시 침묵하다 말했다.

— 너라도 피자 만드는 걸 배울 수 있으면 참 좋겠어.

그렇게 말하는 진희의 코가 붉었다.

란은 진희를 처음 만났을 때를 떠올렸다. 어린 진희는 세상을 구하는 영웅이 되고 싶어 했다. 진희는

란과 동네 놀이터 흙을 파며 다른 세계로 가는 문이
나오지는 않을까 두근거리며 기대하곤 했다. 물론
란은 다른 세계로 가는 문 같은 것이, 동네 놀이터
지하에 파묻혀 있지 않다는 것을 알고 있었다. 그래
도 진희와 함께 열심히 땅을 팠다. 땅을 파 내려가
다 둘은 굵다란 파이프를 발견한 적이 있다. 파이프
에선 낮고 묵직한 소리까지 났다. 파이프 관을 발견
한 것을 신나게 떠들고 다니다가, 공원 관리자에게
크게 혼났다. 거기까지 어떻게 둘이서 팠냐고 한탄
섞인 말을 들었다. 그 후론 진희는 대통령이 되고
싶었다가, 판사가 되고 싶었다가, 서울에 있는 대학
이란 것을 가고 싶어서 열심히 공부하다가, 이젠 할
아버지와 오래 행복하게 지내고 싶다는 것이 유일
한 소망인 사람이 되었다. 물론, 란은 그 모든 진희
를 좋아했다.

　뜯지도 않은 음료수를 그대로 들고 다시 언덕을
올랐다. 이번엔 진희의 등을 손으로 받쳐 주지 않아
도 되었다. 란과 진희는 언덕을 뚜벅뚜벅 걸어 올라
피자 가게 문을 열고 들어갔다. 가게는 고요하고,
밀가루 냄새가 났다.

인간사의 아이러니는, 생각한 대로 흘러가는 것은 거의 없다는 것이다.

정 노인은 다행히 몇 달의 시간이 지나며 건강을 어느 정도 회복했다. 마치 정 노인이 아팠던 것이 꿈이었던 듯 평화로운 일상이었다. 란은 거실에서 사과를 깎고 있었다. 정 노인이 언덕 아래 과일 가게에서 사 온 과일이다. 한 조각 먹어보니 살짝 설익어서, 란이 손바닥으로 사과를 감싸 조금 더 달콤하게 익혀 둔 참이었다. 진희는 방에서 공부하고 있었다. 사과를 두 개 정도 깎았을 때였다. 진희는 조금 어지럽다며 거실로 걸어 나오더니, 그대로 쓰러졌다. 란은 허둥지둥 달려가 진희를 소리쳐 불렀다. 하지만 파리한 입술을 한 진희는 눈을 감은 채 아무 말도 하지 않았다.

란은 떨리는 손으로 119를 누르고 허둥지둥 진희를 눕혀 심폐소생술을 했다. 위치와 상황을 파악하는 119 구급대원의 말에 계속 답변하며 란은 두 손으로 진희의 몸에 무게를 실었다. 어디서부터 잘못된 것일까? 란은 혈색이 빠져나가는 진희의 볼을 바라보며 떨리는 목소리로 진희의 이름을 소리쳐 불렀다. 란은 진희의 죽음을 늦출 수 있는 어떤 방법도 찾을 수 없었다.

란이 할 수 있는 것은 그저 평범한 인간처럼 울며 심폐소생술을 하는 것뿐이었다. 전능하지 않은 신은 비참해질 뿐이라던 동료 신의 말이 떠올랐다. 비참했다. 란의 손바닥에서 땀이 났다. 목덜미에서도, 두 발에서도. 등줄기에서부터 나는 식은땀이 옷을 비집고 주룩주룩 나기 시작했다. 당신들 다 보고 있잖아요. 제발 진희를 살려 주세요. 한 번이라도요. 란의 눈에서 쉴 새 없이 눈물이 흘렀다. 인간들이 그동안 자신을 부르짖어 왔던 것처럼 란도 절규 섞인 마음으로 그들을 불렀으나 아무도 응답하지 않았다.

가능하다면 란은 남은 생의 극히 일부분만이라도 꺼내어 진희에게 건네주고 싶었다. 어쩌면 시도해 볼 수 있을지도 몰랐다. 기적이란 것을 믿어 보고 싶었다. 란은 진희의 심장 위에 올린 두 손에 온 신경을 집중한다. 란의 손에서부터 나온 새파란 빛이 진희의 가슴께를 감쌌다. 란의 목에서 굵은 땀이 흘러내렸다. 하지만 진희는 아무런 반응도 없었다. 현관에 누가 올라오는 소리가 들려 란은 급히 빛을 거두고, 뒤를 바라보았다. 문이 열려있고, 정 노인이 비틀거리며 현관에서 쓰러졌다. 그만 주저앉은 정 노인의 뒤로 란의 신고를 받았던 119 구급대원들이 급히 방으로 들어오기 시작했다. 진희야, 진희야. 정 노인의 가느다란 목소리가 구급대원들의 발소리 사이에서 흩어졌다. 구급대원들이 들것 위에 진희를 싣고 쏜살같이 구급차로 내달렸고, 정 노인은 아무렇게나 뿌리뽑힌 나무처럼 휘청이며 고꾸라졌다.

다시 집에 돌아왔을 땐 거실에 놓인 사과는 온통 갈색으로 변해 쭈그러들어 있었다. 그것은 마치 향기 없는 정물화처럼 앙상했다.

가게 안이 고요하다. 끊임없이 울리던 배달앱 알람도 울리지 않는다. 시계를 보니 어느새 밤 열 시가 다 되어가고 있다. 가게를 슬슬 정리해야 할 시간이지만, 오늘따라 그러고 싶지 않다.

지금 란은 진희도, 정 노인도 없는 세상에서 피자를 만들고 있다. 란은 이 6평 남짓한 피자 가게가 좋다. 피자 가게의 지박령이 된 것처럼, 란은 이 작은 피자 가게를 끝내 자신이 사라질 때까지 지키려 한다. 8자를 그리며 위태롭게 돌아가는 피자 도우를 바라볼 때면 정 노인과 진희가 떠오른다. 금방이라도 무너져내릴 듯 위태롭고 아름다운 춤을 춘다. 란은 '사라졌다'라는 말을 발음해 본다. 그 말은 언젠가 고깃집 카운터에 있는 마름모꼴 박하사탕을 입에 넣고 굴릴 때처럼 까끌까끌하다.

진희가 사라진 후, 정 노인은 한동안 아무것도 먹지 않고 지내다, 어느 날부터 가게에 나와 온종일 쉬지 않고 일했다. 굽은 허리로 무거운 요리 재료가 담긴 상자들을 옮기고, 피자 상자를 척척 조립했다. 마치 그것이 인생에서 마지막으로 남은 목표인 것처럼. 란의 옆에 붙어 서서 피자 돌리기를 가르쳐주며 정 노인은 말했다. 피자를 돌릴 땐 균형이 중요한 것이라고. 란은 수많은 시행착오를 겪었다.

— 란아. 도우가 손에서 떠나는 걸 두려워하지 말아야지.

어느 날, 란이 피자 도우를 그만 도마 위에 떨어트렸을 때 정 노인이 말했다. 도마 위에 떨어진 피자 도우는 무척 처량해, 도마에 찰싹 달라붙어 숨을 죽이고 있는 것만 같았다. 란은 이해가 되지 않았다.

— 너무 흔들리고 있는 것 같아요.

— 아니, 아직 덜 흔들리고 있어.

란은 다시금 도우를 돌리기 시작한다. 란의 손에서 공중으로 피자 도우가 날아간다. 나비의 날갯짓처럼 가볍게. 란은 피자 도우가 와 닿을 지점에 손을 내민다. 피자 도우가 란의 손에 착지해 회전한다. 흔들린다. 흔들리다가, 균형을 잡는다. 란은 도우를 도마에 내려놓는다.

— 잘했구나.

정 노인이 말했다.

란은 안다.

란이 바닥에 누운 진희의 심장 위에 손을 가져다 대고, 푸른 빛을 내뿜는 모습을 정 노인이 분명히 봤다는 것을. 처음엔 정 노인이 보지 못했다고 생각했지만, 아니었다. 란이 진희가 사라지던 날이 담긴 홈캠을 다시 돌려 보는 데엔, 어린 진희가 부모님의 이야기가 담긴 기사를 클릭하기까지처럼 많은 시간이 필요했다. 진희가 왜 그렇게 되어야만 했는지, 무엇이 잘못되었는지 란은 알고 싶었지만, 막상 진희가 쓰러지는 부분에선 눈을 질끈 감을 수밖에 없었다.

눈을 뜬 란이 홈캠에서 본 것은, 문을 열고 집 안으로 들어오려다 누워 있는 진희를 바라보고 그만 멈춰 선 정 노인이었다. 정 노인은 진희의 심장 위에 란이 푸른 빛을 내뿜고 있는 것을 몇 초간 바라보다 비틀거렸다. 홈캠 속에서 란이 뒤를 바라보고 정 노인이 쓰러지고, 119 구급대원들이 들어왔다.

란은 홈캠을 껐다. 정 노인은 평생 란에게 그날과 관련해 아무것도 물어보지 않았다. 란의 손에서 나오던 그 푸른 불빛에 대해 전혀 묻지 않고, 그저 평소와 똑같이 란을 대해 주었다.

정 노인이 마지막으로 머문 곳은 요양병원 6인실의 구석 자리다. 창에 가깝게 붙어 있어서 고개를 들면 밖의 사람들이 한가롭게 걸어가는 것을 볼 수 있었다. 란은 정 노인이 요양병원 6인실에 누워 벽면 한구석에 달린 텔레비전을 바라보던 모습을 떠올린다. 간만에 피자 가게를 일찍 닫고 면회를 간 날이었다. 요양병원에 있는 텔레비전은 정 노인의 집에 있던 것 보다 훨씬 신형이었기에, 전파가 들어오지 않아 텔레비전을 툭툭 칠 필요조차 없었다.

정 노인의 팔목은 너무 가늘고, 손등엔 핏줄이 도드라져 마치 식물의 마른 잎사귀 같았다. 정 노인은 그때쯤엔 손을 들기도 힘들어 란의 어깨를 작게 두드려 줄 수도 없었다. 텔레비전엔 한 개에 이만 구천 원짜리 주꾸미볶음 삼 인분 세트를 투 플러스 투로 만 구천구백 원에 판매한다는 홈쇼핑 광고가 나오는 중이었다. 정 노인은 그것을 마치 창밖에 드리운 앙상한 나뭇가지를 바라보는 것처럼 멍하게 바라보고 있었다.

갑자기 채널이 돌아갔다. 누군가 채널을 돌리든 말든 정 노인은 TV에 시선을 고정한 채 물끄러미 바라보았다. 기상예보가 흘러나왔다. 마지막으로 중부지방에 많은 비가 예상됩니다. 내일은 우산을 꼭 챙기셔야겠습니다. 이상, 날씨였습니다.

문득 란의 옷에 작은 힘이 실렸다. 란은 정 노인

을 바라보고, 급히 응급 버튼을 누르려 했지만 정 노인은 고개를 저었다. 정 노인은 시간이 갈수록 작아져, 이제 침대에 누워 있는 정 노인의 모습은 마치 누에고치 같았다. 정 노인은 무언가 말하려 하는 듯 입술을 달싹였지만, 란은 듣지 못했다. 란의 옷에 실린 작은 무게가 점차 사라져갔다. 가벼워졌다.

분명히, 란은 흔들리고 있었다.

정 노인의 마지막 나날들이 란의 머릿속을 스쳐지나갔다. 진희가 사라진 후 정 노인은 란에게 때론 멍하게 허공을 바라보고 있는 것을 들키기도 하고, 때론 지갑에서 꼬깃꼬깃 접힌 천 원짜리를 몇 장 꺼내 건네주며 붕어빵 사 먹어라, 라며 나직하게 말하기도 했다. 란이 더 이상 붕어빵에 관심이 없는데도. 정 노인은 그렇게 말하며 바싹 마른 손을 들어 란의 어깨를 두어 번 두드려 주곤 했다. 따뜻하고 적당한 무게로.

가게 문에 달린 종이 경쾌한 소리를 낸다.

— 아직 영업하나요?

급하게 뛰어 들어온 사람의 두 뺨이 붉다. 실은

진작 문을 닫았어야 하는 시간이다. 란은 아직 영업한다고 해야 할지 말아야 할지 잠시 고민하다 아직 영업한다고 대답한다.

— 고구마피자, 미디움으로 한 판이요.

손님이 카드를 내민다. 추위 속에서 오래 걸어왔는지 코가 새빨갛고 손등은 붉고 흰 각질이 잔뜩 일어나 있다. 란이 말한다.

— 좀 오래 기다리셔야 해요.

— 전 괜찮습니다.

란은 카드를 받아 들고 결제한다. 손님은 피자 상자와 배달 용기가 높게 쌓여 있는 테이블로 가, 의자를 살짝 끌어다 당기고 걸터앉는다. 란은 아까 돌리던 피자 도우를 마저 돌린다. 손님이 주방이 훤히 보이는 자리에 앉아 있기에 도우를 돌리는 란의 손가락에 조금 더 힘이 들어간다. 란의 손끝에서 리듬감 있게 도우가 흔들린다. 무너질 듯하면서, 무너지지 않고. 균형을 유지하면서. 공중을 잠시 날았다가, 다시 란의 손으로 돌아온다. 란만이 알고 있는 피자를 돌리는 리듬이 있다. 끝끝내 손끝에서 균형을 유지하게 하는 란만의 리듬.

피자 도우가 손에서 떠나가는 것이 두렵지 않다. 도우가 가볍게 날아오르고, 다시 손에 착지한다. 먼 바다로 떠났다가 다시 밀려오는 파도처럼, 사라졌다가, 다시 돌아온다. 세차게 흔들린다. 손에 온 신경을 집중한다. 이 흔들림으로 끝내 맛있는 도우를 만들어 낼 때까지, 온갖 쓰고 달고 새콤하고 매운 토핑을 올려 끝내 기막히게 맛있는 피자 한 판을 만들어 낼 때까지.

양송이와 페퍼로니와 붉은 피망과 초록 피망, 올리브를 올린다. 행성이 늘어서 있는 것처럼 둥그렇게, 피자 조각마다 비슷비슷한 양으로 재료들이 들어갈 수 있게 한다. 우주의 거대한 질서가 인간들이 먹는 피자 한 판에 모두 들어가 있다는 것은 유쾌한 농담 같다.

고구마를 올리고, 피자를 굽는다. 피자를 구울 때면 자꾸만 옛날을 생각하게 하는 고소한 냄새가 풍긴다. 피자를 꺼내고, 고구마 위에 고구마무스를 빙 둘러 가며 뿌린다. 피자 상자를 조립해 피자를 넣고 가운데를 흰 플라스틱으로 단단히 고정한다. 응, 딸. 아빠 조금 있으면 들어가. 피자 한 판 사 가고 있어. 케이크는 냉장고에 있는데, 조금 있다가 아빠랑 같이 촛불 켜자. 손님의 통화 소리가 들린다.

혹시라도 손님이 볼까 봐 란은 등으로 피자 상자를 가리고, 손바닥을 펼쳐 상자 위에 살짝 가져다 댄다. 피자가 조금 더 오래 온기를 잃지 않게 하는 것은 몇 초면 충분하다. 란의 손바닥에서 푸른 빛이 일렁인다. 란은 피자 뚜껑을 닫고 손님에게 내민다. 손님이 말한다.

— 늦은 시간이었는데, 고맙습니다.

— 아닙니다. 추운데 조심히 가세요.

따끈한 피자가 담긴 상자를 받아 든 손님은 고개를 숙여 인사하고 바깥으로 나간다. 란은 손님에게 건네준 피자 상자의 무게만큼, 가벼워진다.

바늘 같은 삶을 통과하기

A는 어둠이 내려앉은 길을 걸으며

자신이 무엇으로 구성되어 있는지 생각해 보았
다.

사람들은 A가 그런 생각을 하든 말든

유난히 천천히 걷는 A가 걸리적거린다는 듯 인상
을 쓰며 비켜 지나갔고

A는 좁은 골목 몇 개를 돌고 몇 개의 횡단보도를
지나 집으로 향하며

자신이 지나온 수많은 계절들에 대해 생각했다.

A는 그동안 많은 것을 배웠고 많은 사람을 만나
많은 이야기를 나누고 많은 곳을 여행했다.

A는 살아가며 많은 것을 얻었고 많은 일을 해내
었으며

자연스럽게 많은 것을 잃어버렸다.

A는 집에 돌아와 작은 수첩을 펴고 그동안 얻은 것과 잃은 것을 적어 보았다.

얻은 것 : 삶을 살아갈 때 도움이 되는 것들
잃은 것 : 나 자신에 대한 것들

아무리 얻어도 끊임없이 잃어버리는 나날들의 연속이었다. A는 자신이 무엇을 좋아하고 무엇을 하고 싶어 했고 무엇을 원했는지, 어떤 삶을 바랐는지를 잃어버렸다. A는 그 사실을 깨닫고 정말이지 텅 빈 껍데기가 된 것만 같았다.

삶을 통과하는 것은 끊임없이 무뎌지는 것
그러나 무뎌지는 것이 삶이라면 삶을 지속할 이유는 무엇인가.

뾰족하게 튀어나오지 않아 결국 아무 것에도 걸릴 것이 없는 삶.
삶을 통과하는 것은 힘들어.
하지만 삶을 통과하기 위해 무뎌지는 건 싫어.

그동안 많은 것들을 했지만
결국 아무 것도 하지 않고 살았다고 생각했고
괴로움에 몸부림치다 A는 겨우 잠에 들었다.

꿈 속에서 A는 A'를 봤다
꿈 속에서 A'는 정말이지
바늘같은 삶을 통과하고 있었다.
그렇게 힘든 줄은 몰랐어
A의 말에 A'는 A를 돌아보며

여길 어떻게든 통과해야 해서

그동안 많이 깎여나갔어
미안해

눈치를 보며 말 하는 자신의 모습에 그만
내가 나를 차마 미워할 수 없어서
A는 A'의 차가운 몸을 안았다.
이런 초라한 나는 오로지 나만이 안을 수 있잖아
생각하면서

인생이 이렇게 끝나버리는 걸 원하지 않아.
나도 그래.
그럼 뭐라도 해야겠지?
거창하지 않아도 돼. 다만 작은 창문을 열어줘.
바람이 들어올 수 있게.

A는 고개를 끄덕였고

나는 내가 세상의 모든 걸 거역하고 있는 것만 같
은 느낌이 들어

말하자 A'는

모든 거스르는 건 힘이 들어

그럼 외로운 건 사유하기 때문이고

슬픈 건 떨치고 나아가기 위함이지

우리 삶은 불화의 연속

우린 기꺼이 거스르고 거역하며 살아야 해

있잖아 A, 네가 나에게

아주 조그만 자비를 베풀어 준다면

그걸 발판 삼아 나는 이 거대한 바늘을 통과해서

어디로든 날아갈 수 있어

A는 고개를 끄덕였고

많은 시간을 거스르다

어느 날 꾼 꿈에서 A는 열린 창문가로 다가갔다.

창 밖에선 바람이 한없이 불어 들어오고 있었고
어두운 하늘에선 A'가 바늘같은 삶을 통과해서
저 멀리 저 높은 곳으로 날아가고 있었다.

보여?
이제 날고 있어

A'가 입모양으로 뻐끔거리고
A'에게 손을 흔들어 주며 A는 자신이 조금 더 뾰
족해진 것만 같고

우리가 아주 멀리 날아가기를
부단히 거스르고 거역하기를
오래 바랐다.

파파

아버지의 체모를 한 가닥에 백 원씩 사겠다는 사람에게서 온 연락을 받았을 때, 나는 사람들로 가득 찬 퇴근길 지하철 안이었다. 며칠간 발신자 표시 제한으로 문자가 오더니, 문자에 답을 하지 않자 전화가 왔다. 발신자 표시 제한으로 전화가 걸려 온 핸드폰을 한동안 물끄러미 바라보다 신호음이 끊어지기 직전에 전화를 받았다. 여보세요.

상대의 목소리는 애니메이션 캐릭터 목소리처럼 변조되어 있었다. 그 목소리는 어릴 때 봤던 애니메이션에 나오는 아구몬 목소리와 흡사했다. 아구몬은 당신 아버지의 체모를 사겠다니 많이 당황스러울 테지만, 따지고 보면 세상에 뭐 하나 당황스럽지 않은 것이 뭐가 있냐고, 덜 당황스럽고 더 당황스러운 것의 차이일 뿐, 우리 사는 지구는 넓으니 당신 아버지의 털을 가지고 싶어 하는 사람도 당연히 존재하는 것이라 이야기했다. 네, 네네. 대

충 내뱉으며 신종 보이스피싱인지 뭔지 고민하고
있는데 아구몬이 말을 이었다.

― 백 원이 너무 적은 것 같으시면요.

― 네.

― 한 가닥당 백만 원은 어때요?

그 금액을 듣고 나는 아무 말도 할 수 없었다. 그
때 지하철은 막 동작대교를 건너고 있었고 지하철
차창 밖으로 밝은 햇살이 새어들고 있었다. 백만
원? 털 하나당 백만 원이라고? 차창 밖으로 보이는
한강을 건너다보며 나와는 요원해 보이는 그 금액
을 속으로 읊조렸다. 그러자 나는 아구몬이 아버지
의 털을 가지고 뭘 하려는 사람인지, 왜 아버지의
털을 사겠다고 하는지는 아무래도 상관이 없어졌
다. 아구몬의 말마따나 세상엔 내 아버지의 체모를
필요로 하는 사람이 있는 법이겠지. 무슨 이유에서
라도 말이다. 아버지의 털 몇 개면 적어도 몇 달은
넉넉히 살아갈 생활비가 나왔다. 한 가닥에 백만
원, 그것은 상대의 말이 거짓이라도 한 번쯤 도박
을 해 볼 만한 매력적인 제안이었다. 나는 목소리
를 가다듬고 이야기했다.

— 돈은 어떻게 주나요?

— 조만간 직접 만날 거예요. 약속 장소는 같이 정하죠. 만나서 털 개수를 확인하고, 바로 송금할게요. 송금 후에 털을 건네주세요.

— 그걸 어떻게 믿죠? 당신은 목소리도 이렇게 가짜 목소리를 쓰고 있는데.

— 당신 아버지가 나에 대해 아무것도 몰랐으면 해서요.

— 진짜 한 가닥에 백만 원씩 사는 거죠?

— 네. 저도 지금 당신 아버지의 털이 간절하거든요. 얼마나 간절하면 당신 연락처를 알아내서 전화까지 하겠어요.

— ······털 길이는 상관없는 거죠?

— 네.

— 솜털 같은 것도 허용되나요? 새치라든가······.

— 네. 뭐든 좋으니 적어도 열 개 이상은 가져와주세요.

멍청한 스무고개를 하는 것처럼 아구몬과 이야기를 나누다, 전화를 끊기 전에 나는 물었다.

— 그런데 제 전화번호는 어떻게 안 거죠?

— 구글링이요.

아, 구글링. 네네, 대답하고 나는 전화를 끊었다. 2021년은 모두가 디지몬 친구들이 된 참 편리한 시대다. 구글링으로 내 번호를 알아낸 아구몬은 적어도 보이스피싱범으로 보이지는 않았다. 대체 체모가 왜 필요한 거지? 어쩌면 아버지가 소싯적에 끝장나게 애절한 사랑이라도 한 것인가? 그러니까 아주 오래전, 어머니를 만나기 전에 말이다. 지하철이 또 한 번 덜컹이고, 지하철은 다시 어두운 터널 속을 뚫고 들어가 지하를 달리기 시작했다.

지금 아버지는 시골에서 손바닥만 한 밭을 가꾸고 있다. 한 손에 잡히는 고구마나 감자 같은 것 하나가 아버지가 관리하는 것의 전부다. 젊은 시절 아버지는 건설 현장을 감독하는 관리자였다. 아버지가 높은 새 아파트를 세워 올리는 동안 우리 가족은 지은 지 몇십 년 된 아파트에서 오래 살았다. 아버지가 언제까지나 그 일을 할 수 있을지 알았는데, 회사가 망하는 것은 개인의 노력과 철저히 별개였다.

아버지는 오래 걸리지 않아 일자리를 잃었고, 비슷한 계열의 소규모 업체에 들어갔다. 이전 직장에서의 경력을 인정받아 그래도 높은 직급으로 시작했다지만 대내외적인 대우는 분명 달랐을 것이었다. 아버지가 매일 밤 술을 마시기 시작한 건 그때 즈음이었다. 몇 년이 지나 어머니가 돌아가셨고, 아버지는 꾸역꾸역 버티는 것처럼 일을 하다 내가 대학에 입학하고 몇 달 뒤, 해고되었다. 사유는 지각과 심각한 알코올 의존이었다. 아버지는 점점 망가져 허구한 날 술을 마시고 대낮에도 널브러져 자고 있기 일쑤였다. 난 그런 아버지가 안쓰러운 한편 깊이 원망스러웠다. 어쩔 수 없이.

고향을 떠나 서울에 있는 대학에 간 나는 스스로 나의 생활을 책임져야 했다. 아버지가 더 이상 나에게 줄 것은 없었다. 나는 하루에도 서너 개의 아르바이트를 전전하며 생활비와 대학 학비를 벌었다. 교수님들을 찾아다니며 장학금 추천서를 부탁하고, 다음 학기의 등록금을 걱정하며, 학기가 어떻게 흐르는지도 모른 채 앞만 보고 달리며 졸업했다. 졸업식을 할 때 아버지는 오지 않았다. 내가 졸업장을 받고 학교 교문을 나서고 있을 때 아버지는 전날 밤에 마신 술이 아직도 깨지 못해 누워 있었을 것이었다. 인생은 극적으로 좋아지기도 하지만 실은 극적으로 나빠지는 경우가 절대적으로 흔하다는 것을 그때 알았다.

나는 아버지에게서 완벽히 분리되어, 내 힘으로 삶을 꾸리고 졸업을 하고, 한 광고회사에 계약직으로 근무하며 생활비를 벌고 있다. 아버지에겐 간간이 생활비를 삼십만 원씩 보내드리는데 내 통장 입출금 내역에 한 달마다 꼬박꼬박 찍히는 아버지의 이름과, 그 옆에 적힌 삼십만 원이라는 검정 글씨가 대화가 사라진 나와 아버지 사이에 오가는 유일한 대화였다.

아버지의 목소리를 들어 본 지 오래되었다.

주말의 서울역은 생각보단 한산하다. 이렇게 적극적으로 고향에 가고 싶어 한 것도 상당히 오랜만이다. 나는 플랫폼에 있는 편의점에 가 커피를 사 들고 기차에 탑승한다. 창밖의 풍경이 빠르게 멀어져간다. 세상엔 아버지의 체모를 돈 주고 사는 사람도, 생활이 궁해 아버지의 체모를 기꺼이 뽑으러 가는 사람도 있다. 둘 중 누가 더 이상한 사람인지는 나는 모르겠다. 그러나 중요한 것은 아버지의 털을 뽑는 것은 아버지에게 어떤 상해도 입히지 않을뿐더러, 그저 다리털이나 흰머리 몇 가닥만 뽑아와도 되는 간단한 일이라는 것이다. 그럼 아버지에게 매달 삼십만 원의 생활비보다 훨씬 많은 생활비를 드릴 수도 있겠지. 그런 생각을 하며 몇 년 만에 고향으로 향한다.

현관문 앞엔 아니나 다를까 빈 소주병이 쌓여 있었다. 나는 그것을 발로 한쪽으로 슬슬 치워두고 문을 연다. 아버지, 저 왔어요. 그런데 아버지의 대답 소리는 들리지 않는다. 나는 아버지, 부르며 거실을 휘휘 둘러보다 안방으로 들어갔고, 거기서 침대 위에 철푸덕 앉아 있는, 문어를 보았다. 그건 문어긴 했으나 한눈에 봐도 분명 아버지였다.

그러니까, 아버지는 완벽한 문어가 되어 있었다.

― 준희 왔구나.

나는 뭐, 네, 대답하며 도대체가 아버지가 왜 문

어가 되었는지 얼떨떨하게 서 있다. 아버지는 문어 중에서도 비싼 축에 속하지 않는 평범하디 평범한 크기의 문어였다. 아. 아버지, 제가 스무 살이 되고서부터 아버지는 아무것도 도와준 것 없잖아요. 그런데 이럴 때 이렇게 문어가 되어버리면 어떡한단 말입니까? 하지만 그런 말은 언어가 되어 나오지 않는다. 한 가닥에 백만 원을 불렀던 아구몬의 목소리가 귓속에서 지나가고, 인생에 몇 번 있을지 모르는 이 결정적인 순간에 문어가 되어버린 아버지가 너무나 야속한 한편, 아버지는 상당히 춥고…… 잔뜩 말라 보였다.

— 물이라도 좀 뿌려 드릴까요.

— 괜찮다. 아직 그 정도는 내가 할 수 있어.

그렇게 말하고 문어는 침대를 스르르 미끄러져 내려가 욕실로 가더니 문을 닫는다. 곧이어 쏴아아, 물 트는 소리가 들려온다. 아버지는 욕실화 소리도 내지 않고 욕실에 들어가 몸에 물을 뿌린다. 생각해 보면 아버지가 화장실 안에서 어떤 살아 있는 인간의 소리를 내는 것을 들어 본 적이 없는 것 같다. 침대에 앉자 끈적하고 쿰쿰한 냄새가 난다.

아버지가 침대 위에 오래 앉아 있어 밴 냄새일 것이다. 핸드폰을 꺼내 든다. 한 가닥 당 백만 원, 최소 열 개는 주셔야 해요. 발신자 표시 제한으로 온 아구몬의 문자를 들여다보다, 핸드폰을 다시 주머니에 넣는다.

거실로 가 싱크대를 보자 설거지가 안 된 그릇들이 널브러져 있다. 찬장을 열어 보자 라면이 열을 지어 놓여 있다. 냉장고 안엔 유통기한 지난 냉동식품들과 언제부터 있었는지 모를 백설기, 달걀 몇 개와 파 한 단이 있다. 냉장고 문을 닫는다. 식탁 옆엔 어릴 때 내가 그린 그림이 여전히 붙어 있고, 투명한 식탁 유리판 안쪽엔 내가 무슨 동네 그림대회에 나가서 상을 받을 때 찍은 사진이 끼워져 있다. 사진은 빛이 바래 푸르스름하게 보인다. 사진 속에서 나는 상패를 들고 환하게 웃고 있고, 옆에선 젊은 아버지와 젊은 어머니가 희게 미소 짓고 있다.

아버지와 같이 사진을 찍어 본 지 오래되었다. 적어도 오랜 옛날, 이 사진을 찍을 때까지만 해도 아버지는 문어가 아니었다. 그런데 어느 순간부터 아버지는 서서히 문어로 변하고 있었다. 나는 아버지가 문어가 되기까지 한 번도 아버지를 찾아가지 않았다. 시간이란 그런 것이다.

욕실에서 나온 아버지가 소리도 없이 스르륵 다가온다. 나는 옛날 사진을 보고 있던 것이 어쩐지 민망해 다시 안방으로 들어간다. 아버지도 안방으로 따라온다.

덕분에, 로 아버지는 말을 시작한다.

— 덕분에 잘 지내고 있다. 너 하나 건사하기도 바쁠 텐데 말이다.

삼십만 원 이야기다. 나는 고개를 끄덕이며 아무 대답도 하지 않는다. 온몸에 물을 묻히고 나온 아버지는 아까보단 조금 생기를 되찾았으나, 여전히 쭈글쭈글한 문어였다. 아버지의 말들 하나하나에서 나는 자꾸만 부끄러워지고 있었다. 그러니까 나는, 아무리 미운 아버지라 해도 아버지가 어느 순간 문어가 되어버린 지도 모르고 몇 년이고 살아왔던 자식이었다.

— 서울에서 별다른 건 없고?

— 네, 네.

나의 대답 이후로 잠시 정적이 흐른다. 우린 통장에 찍힌 숫자들로 대화한 지 오래라, 활자가 아닌 목소리를 내는 아버지가 너무나 어색하다. 아버지의 목소리를 들으며 아버지를 흘끗 바라보면, 털이라곤 하나도 없는 매끈한 피부를 가진 문어가 초라하게 앉아 있다. 내 마음은 아버지에 대한 미안함과 애정, 그리고 답답함과 실망으로 뒤섞인다.

— 아버지.

— 그래.

아버지 언제부터 문어였어요? 나는 그걸 묻고 싶다. 그러나 나는 아버지가 언제부터 문어가 되었는지 묻는 것이 질책처럼 느껴질까 봐, 내가 가졌던 원망이 조금이라도 들킬까 봐 아무것도 아니라고 말하며 입을 다문다. 게다가 아버지가 이미 미끈한 문어가 되었는데 그런 것 따위 무슨 상관이란 말인가. 아버지와 나는 −문어와 인간은− 한동안 침대에 나란히 앉아 있다. 그러다 아버지가 말한다.

— 바다에 가고 싶구나.

— 바다요?

— 그래. 웬만하면 여기서 아주 먼 바다로.

아주 먼 바다. 나는 머릿속으로 그 단어를 되뇐
다.

— 네가 사는 곳 근처에 있는 바다도 괜찮고 말
이다.

나는 문어가 된 아버지와 함께 바다로 향했다.
아버지의 털을 뽑아 일확천금의 기회를 노리던 나
는 결국 아버지와 나의 기찻값 십만 원을 추가로
지출해 인천으로 떠나게 되었다. 기차 예약 앱 탑
승자 설정에 문어 항목이 없어 나는 성인 두 명으
로 체크 해 표를 발권한다. 내 수중에 있는 돈에서
가장 멀리 갈 수 있는 바다는 인천 앞바다였다. 기
차에 아버지를 들고 탈 때 역무원이 나를 제지하지
는 않을까 걱정했지만 역무원은 친절히 웃으며 호
차 안내를 해 주었다. 어딘가 찔려 먼저 물어본 축
은 나였다.

— 저기, 그런데 문어도 타도 되는 건가요?

— 네! 그렇습니다, 고객님.

역무원의 답변은 사뭇 발랄하기까지 했다. 요즘
문어가 되는 아버지가 많은가보다. 그런 것도 아버

지를 몇 년 동안 찾아가지도 않고, 매일매일 하늘한 번 쳐다보지 않고 바쁘게 사느라 나만 몰랐던 것 같다. 얼떨떨한 기분으로 역무원에게 고맙다고 인사를 하고, 기차 위에 올라탄다. 아버지를 좌석 위에 앉히고, 가지고 온 분무기로 물을 좀 뿌려 주자 아버지는 아주 좋아한다. 진작에 아버지에게 자주 물을 뿌려 줄 걸, 생각한다. 아버지는 차창에 빨판을 대고서 창밖으로 지나가는 가로수를 물끄러미 바라보고 있다.

인천 앞바다에 도착한다. 차가운 날씨에 칼바람까지 불어와 바다엔 사람들이 많이 없었다. 나무데크 위엔 비둘기 몇 마리가 푸드덕거리며 날아다니고 있었고, 바다는 찾는 사람이 없어 어쩐지 쓸쓸한 풍경이었다. 데크 위에서 바다를 바라보다, 아버지는 바다 가까이서 파도를 보고 싶어 했다. 우린 데크에서 내려와 밀려오는 파도가 발치까지 올 정도로 바다 가까이 다가간다. 인천 앞바다에서 오랜만에 바다를 본 아버지는 상당히 기뻐한다. 차가운 바닷바람이 코끝을 스치며 흩날리고, 패딩 속으로 추위가 스며든다.

— 너 어릴 때, 네가 바다를 얼마나 좋아했던지. 파도에 네 신발이 다 젖어서, 그게 문제였어. 그게. 신발은 말리려면 오래 걸리잖니.

아버지가 들릴 듯 말 듯 이야기한다.

— 오랜만에 바다에 오니 좋구나. 이젠 신발도 젖지 않고.

— 네, 아버지. 저도 좋네요.

아무리 문어가 되었다 해도 몸이 추울 것 같아 담요를 덮어 드린다. 아버지는 담요가 꽤 마음에 드는 듯했다. 그렇게 나는 털 하나 없이 매끈한 아버지와 함께, 바다 너머로 해가 천천히 넘어가는 것을 오래오래 바라보았다. 아버지는 바다를 오래 좋아했다. 아마 아버지의 어깨였을 듯한 부분에서 바다 내음이 훅 끼쳐 온다. 아버지가 말한다.

— 바다에 들어가야겠다.

— 바다에요? 들어간다고요?

아버지는 고개를 끄덕인다.

— 이젠 태어났던 곳으로 돌아가서 좀 쉬고 싶어.

갑자기 바다에 들어간다고? 이 추운 날씨에? 게다가 태어난 곳이 왜 바닷속이란 말인가. 나는 아무 대꾸도 하지 못하고 아버지의 매끈한 피부를 바라보고 있다.

— 아, 잠깐만. 이걸 주고 가야지.

아버지가 내게 손을 -촉수를- 내민다. 나는 아버지의 손 -촉수- 에 손을 가져다 댄다. 물컹한 느낌이 손바닥에 전해져오고, 아버지가 내 손에 건넨 것은 지퍼백에 소중히 밀봉된 아버지의 흰 머리카락들이었다.

— 미안하구나.

아버지는 그렇게 말한다. 더 많이 준비해 두지 못해서… 아버지는 말꼬리를 흐린다. 지퍼백은 오랜 기간 여닫았는지 잔뜩 구겨져 있었다. 나는 끈적한 물기가 묻어 있는 지퍼백을 손에 그러쥐고 무척 외롭고 쓸쓸해 울 것만 같은 기분이 된다.

아버지가 이걸 어떻게 알았을까? 아버지도 아구몬을 만난 걸까? 내가 아버지의 털을 뽑으러 고향에 왔다는 걸 처음부터, 어쩌면 오래전부터 알고 있었던 것인가? 그런 생각을 하며 나는 멀거니 아버지를 바라보고 있었고, 아버지는 다 안다는 듯 끈적한 다리로 내 어깨를 두어 번 두드리더니, 바닷속으로 미끄러지듯 들어간다. 그것은 너무 순식간이라 나는 아버지에게 아무 말도 하지 못했다.

빈 백사장에 아무렇게나 주저앉아 넓은 바다를 바라본다. 신발 속으로 짜고 차가운 바닷물이 밀려들어오고 그 서늘한 감촉과 함께, 아버지를 삼킨 바다가 온통 출렁인다.

그 바다에서 나는 다시 어린 아이가 되어 있었다.

*「파파」는 『아날로그 블루』(2021)에 수록한 작품입니다.

젊음을 버리는 하수구

그 도시에선 누구나 쉽게 젊음을 버렸다. 젊음은
그들이 가진 것 중 가장 쉽게 버릴 수 있는 것이었
기에. 젊음은 푸르고 무겁고 슬퍼 가볍게 짊어지고
걸어가기엔 너무나 거추장스러운 것. 그들은 이제
뒤가 없는 사람처럼, 그들에게 늙어 할머니 할아버
지가 될 친절한 미래 따윈 없다고 철저히 믿는 것처
럼 젊음을 하수구에 내버리고 있었다. 아이같이 천
진난만한 얼굴을 하고서.

그들도 실은 젊음을 버리고 싶지 않았다. 그것은
지극히 필사적인 것이었다. 늙은 자들이 각자의 욕
심으로 이권 다툼을 하는 한편, 젊은 자들은 방황하
며 필사적으로 젊음을 낭비했다. 그것이 그들에게
마지막 남은 사명이라도 되는 듯이. 그들은 불 꺼진
상점, 길거리를 배회하며 어슬렁거리고 욕을 내뱉
고 골목 가로등 밑에 토사물을 쏟아내고 있었다. 그
것이 이 거대하고 냉혹한 세계 속에서 작은 그들이

악을 내지르는 유일한 방법이었다.

동이 틀 때까지 술을 마시고 어스름한 골목길 전
봇대 옆에 쭈그려 앉아 토를 했다. 첫 차 버스에 땀
으로 흥건히 젖은 머리카락을 하고 앉아 어디로든
실려 가 자취방으로 향했다. 버릴 수 없는 모든 것
들이 오 평 방에 있었다. 서로 이마와 발을 맞대고
옹기종기 모여 있는 신발장과 세탁기 화장실 냉장
고 책상 그리고 침대까지 걸어가는 데는 채 삼 초도
걸리지 않는다. 침대에 누워 있으면 툭 튀어나와 있
는 에어컨이 보이고 좁은 집에 자신도 온갖 가구들
과 어깨를 나란히 하고 박제된 가구가 된 것만 같다
는 생각이 든다. 여긴 산 채로 눕는 관이란 생각을
하며 잠에 든다. 쉽고 간편하게 젊음을 축내면서도
그들은 그 오 평 방을 차마 버릴 수가 없었다.

그 도시의 늙은 자들은 젊은 자들이 그렇게 소중
한 젊음이란 것을 낭비하고 버리는 것이 마음에 들
지 않았다. 늙은 자들은 그들에게 이미 사라진 그
마법 같은 순간을 젊은 자들이 그따위로 낭비하고
있다는 것을 믿을 수 없었다. 늙은 자들은 젊은 자
들이 너무나 나약하다고 생각했다. 조금만 더 이성

적으로 생각해 본다면요. 방과 가구들을 버려야지요. 가장 중요한 건 젊음입니다. 연단에 선 평생 젊음을 연구했다는 연로한 교수의 말에 늙은 자들은 고개를 끄덕이며 호응했다.

늙은 자들이 무어라 하든, 어떤 레포트가 나오고 토론모임이 생기고 학술대회가 열리든, 그 도시엔 하수구마다 버려진 젊음이 가득했다. 뙤약볕이 내리쬐는 여름 길거리를 걸으면 그것들은 저마다 땅속에서 아우성쳤다.

젊은 자들이 온전히 가진 것은 오로지 젊음뿐이었고 그래서 쉽게 버릴 수 있는 것 또한 젊음 뿐이었다. 돈과 시간과 사람은 그들을 잠시 스치고 사라져갈 뿐이다. 몹시 그리워질 것을 알면서도 버려야만 하는 마음은 서글프다. 외로운 시간이 카펫처럼 깔려 있다. 젊음은 젊은 육체가 감당하기엔 너무 버거운 천형이었다.

늙은 자들은 나약한 젊은 자들의 자기변명을 더 이상 듣고 싶지 않았다. 늙은 자들은 결국 넓은 아량을 베풀어 그들에게 더 많은 하수구를 만들어 주었다. 특히 대학가엔 훨씬 많은 하수구가 만들어질

예정이라고 포스터가 거리마다 나붙었다. 그 간편
한 아량으로 더 많은 젊은 자들이 어두운 골목길을
배회하다 쉽게 젊음을 버렸다. 먹던 껌을 뱉는 것처
럼.

　버려진 것들이 땅 밑으로 검게 흘렀다.

죽음 이후

만약 나의 글이 유명해져서
백 년 뒤의 사람들이 내가 남긴 것들을 읽게 된다
면
사람들이 내 글을 심각한 표정으로 읽지 않았으
면 좋겠다

분석할 도구를 꺼내놓고서
학술서를 읽는 것처럼 진지하게 행간을 분석하지
말고
국문과 학생들은 내 글을 다른 책들을 분석하다
심심할 때 들고 읽다가 근처 카페에 달콤한 커피나
마시러 가고

다만 백 년 뒤에도 있을, 삶의 문턱에 발끝을 걸
치고 서 있는 사람들이
가벼운 농담처럼 내 글을 읽어 주었으면 좋겠다

그리고 남은 삶을 살러 방 바깥으로 나가면 좋겠
다

뙤약볕이 내리쬐는 거리를 한 바퀴 걸으며 한가
득 땀을 흘리고
어느 가게에서 맛있는 것을 먹고
오늘은 정말 재미있는 글을 읽었어
꽤 괜찮은 하루였어
생각하면서

슬픔의 물성

지구를 먹으면 슬픈 맛이 날까. 세계의 슬픔을 모두 모아 압축시키면 그건 끈적한 젤리처럼 서로 달라붙으며 둥근 모양이 되겠지. 그럼 그걸 지구라 불러 보자.

삶의 소중한 작은 순간들을 놓치지 않고, 그 소중함을 알아차리는 것은 행운이다. 단단히 압축되어 납작해져 있더라도. 중요한 것은 내가 먹어야 할 것에 잠식당하지 않는 것. 세상은 사는 게 아니라 맛있게 씹어 넘기는 종류라는 것을, 어느 순간부턴가 세상에 조금씩 삼켜지고 있는 우리들에게 알리고 싶었다.

지구를 먹을 땐 아주 간단한 주의사항이 필요하다.

내가 지구를 시장에 유통하는 사람이라면. 나는

지구의 표면에 이렇게 써 두고 싶다.

　지구는 슬픈 맛이지만,
　모종의 연구 결과로는 미량의 탄수화물이 들어있
다고 하네요.
　입에 넣고 오래 씹으면 고소한 단맛이 나니,
　부디 끝까지 꼭꼭 씹어 드세요.

닫는 말

2024년을 보내며.

십일 개월 전, 2024년의 막이 올랐다. 새해가 밝았지만 새해 계획을 세우기에도 벅찬 나날들이었다. 그렇게 일 년이 훌쩍 지나갔다.

그간 오래 소설만을 써 왔지만 회사에서 퇴근해 집에 오는 날이면 모든 에너지가 소진되어 도저히 긴 글을 쓸 수 없었다. 긴 글보다 짧은 글을 쓰고 읽는 것이 익숙해졌다. 그렇게 무엇이라도 쓰고 싶다는 바람으로 시의 형식을 빌린 무언가에 정을 붙이게 되었다.

지하철에서, 버스에서, 회사로 올라가는 엘리베

이터에서, 모든 사소한 순간에 끊임없이 썼다. 그
것이 내 삶을 한없이 끌어올리는 마음 속의 횃불이
되어 주었다.

이 책은 그것들을 담은 치열한 기록이다.

때로는 비유와 돌려 말하기는 거추장스럽다. 닫
는 말에선 그런 건 버리고 이야기하고 싶다. 그러니
까 나는,

이 거대하고 차가운 세계 속에서

그럼에도 불구하고 이 작은 책을 집어든 당신을
응원한다.

이 책을 읽는 당신이 부디 잘 살았으면 좋겠다.

부러지기 쉬운 세상이지만 부디 부러지지 않고.

나는 문학이 우리를 더 멀고 더 높은 곳으로 데려
다 줄 것이라 믿는다.

나의 사랑하는 동료들과

이 책을 읽는 모든 사람들에게도.

닫는 말이 닿는 말이 되어,

『젊음 반품』이, 한 작은 인간이 다른 한 인간에게 내미는 따뜻한 손이 되었으면 한다.

2024.11.02.

스물여덟의 겨울 끝에 서서

– 설

젊음 반품

글	하설
내지 디자인	하설
표지 디자인	혁
펴낸곳	별닻
e-mail	byeoldat@gmail.com

초판 1쇄	2024년 11월 21일
ISBN	979-11-975612-2-1